KB114098

共同專人
공동전인

설경구 新무협 판타지 소설

FANTASTIC ORIENTAL HEROES

공동전인 ㄱ

설경구 新무협 판타지 소설

초판 1쇄 찍은 날 § 2009년 9월 29일
초판 1쇄 펴낸 날 § 2009년 10월 9일

지은이 § 설경구
펴낸이 § 서경석

편집장 § 문혜영
편집책임 § 정서진
편집 § 서지현 · 주소영

펴낸곳 § 도서출판 청어람
등록번호 § 제1081-1-89호
등록일자 § 1999. 5. 31
어람번호 § 제2-1824호

주소 § 경기도 부천시 원미구 심곡2동 163-2 서경B/D 3F (우) 420-822
전화 § 032-656-4452 팩스 § 032-656-4453
http://www.chungeoram.com
E-mail § eoram99@chollian.net

ISBN 978-89-251-1947-2 04810
ISBN 978-89-251-1741-6 (세트)

共

同

공동전인

傳

人

7

설경구 新武俠 판타지 소설

FANTASTIC ORIENTAL HEROES

劍魔
色魔
幽靈

도서출판
청람

目次

第一章
푹주(暴走)

共同
傳人
공동전인

생기와 사기가 뒤섞인 한 구의 신형.

굵은 수염으로 턱밑이 덮여 있는 마흔 중반으로 보이는 사내가 유난히 희게 느껴지는 두 손을 들며 고개를 갸웃했다.

그 사내에게서는 쉽게 범접하기 힘든 분위기가 흘러나오고 있었다.

그리고 그 이유는 여인의 손처럼 하얀 손 때문만이 아니라 피처럼 붉게 물들어 있는 사내의 두 눈 때문이기도 했다.

감정이 전혀 담겨 있지 않은 두 눈.

무심한 눈빛으로 자신의 양손을 응시하고 있던 그의 두터운 입술이 한참 만에야 바르르 떨렸다.

"사… 무진."

군데군데 갈라져 있는 입술이 열리며 흘러나오는 투박한 목소리.

고하가 전혀 느껴지지 않는 목소리로 꺼낸 이름을 듣고서 고루신마가 희미하게 웃으며 대꾸했다.

"네가 죽여야 할 자다."

"내가 죽여야 할 자?"

"그래."

"이… 유는?"

"이유 따위는 없다."

"하지만……."

고개를 갸웃하던 사내의 얼굴이 일그러졌다.

그와 동시에 양손을 들어 올려 봉두난발인 머리를 움켜쥔 채 신형을 부들부들 떨면서 괴로워하기 시작했다.

그것을 확인한 고루신마가 답답한 표정을 지으며 허리에 걸려 있던 황금빛 종을 꺼내 서둘러 흔들었다.

땡. 땡. 띠리링.

심령을 뒤흔드는 투박한 종소리가 허공에 울려 퍼졌다.

그 종소리를 듣고서 양손으로 머리를 부여잡은 채 괴로워하던 사내의 움직임이 거짓말처럼 멈추었다.

"그만두거라. 생각하려 할수록 괴로워지는 것은 너일 뿐이니까."

고루신마가 마치 타이르듯이 다시 입을 뗐지만 사내는 여전히 뭔가를 떠올리기 위해 애썼다.

"나는……."

"……."

"내 이름은……."

다시 한 번 머리를 움켜쥔 사내를 물끄러미 바라보던 고루신마가 짤막한 한숨을 토해내며 대꾸했다.

"네게 이름 따위는 없다."

"이름이… 없다?"

"머릿속에 아무것도 떠올리려 하지 말아라. 지금의 너는 살지도 죽지도 못한 존재일 뿐이니까."

"……?"

"네가 기억할 것은 단 한 가지뿐이다. 네가 죽여야 할 자가 바로 사무진이라는 사실."

띠리링. 띠리링.

황금빛 종이 흔들렸다.

다시 한 번 투박한 종소리가 흘러나왔다.

그제야 괴로워하던 사내의 움직임이 멈추었다.

"사무… 진. 내가 죽여야 할 자의 이름!"

그리고 피처럼 붉은 사내의 두 눈에서 사이하면서도 강렬한 빛이 흘러나오는 것을 바라보던 고루신마가 짤막한 한숨을 토해냈다.

어느새 예의 무심한 표정으로 돌아가 있는 혈강시를 응시하던 그의 눈에 아쉬운 빛이 스치고 지나갔다.

'조금만 더 시간이 있었더라면…….'

완벽한 혈강시.

고금제일의 무적의 살인 병기가 될 혈강시는 거의 완성에 접근해 있었다.

그러나 그에게는 시간이 주어지지 않았다.

천중악.

그가 죽을 줄이야.

꿈에도 예상치 못했던 사건이었다.

아직 불완전한 혈강시를 완성시키는 대로 사도맹을 떠나 그와 합류해서 큰 힘이 되어줄 생각이었는데.

그러나 그가 죽었다는 소식을 접하고서도 혈강시의 완성만 기다리며 사도맹에 머무를 순 없었다.

"이 녀석이라면……."

비록 완벽하지는 않았지만 거의 완벽에 근접한 상태의 혈강시였다.

오랜 시간 동안 황보세가가 패주로 자리 잡고 있는 산동성

의 경계에 들어서는 고루신마의 두 눈에서 한광이 흘러나왔
다.

*   *   *

사무진의 두 눈에 검마 노인의 모습이 담겼다.

지금 저 모습을 어떤 단어로 표현해야 할까?

폭주.

아무리 생각해 보아도 폭주라는 단어 이외에는 지금 검마
노인의 모습을 제대로 표현할 수 없었다.

해일처럼 밀어닥치는 마기.

진심으로 화가 나서 역린검을 휘두르며 마기를 뿜어내고
있는 검마 노인은 무서울 정도였다.

섬뜩한 백광이 사방을 뒤덮었다.

그때마다 어김없이 피어오르는 혈화.

허공을 부유하고 있는 선혈로 인해 마치 핏빛 안개로 장내
가 뒤덮인 것 같은 착각을 만들어내고 있었다.

그리고 장내를 뒤덮고 있는 짙은 핏빛 안개로 가려져 검마
노인의 모습은 제대로 보이지도 않았다.

오직 그의 손에 들려 있는 마병인 역린검이 만들어내고 있
는 백색 섬광만이 섬뜩한 광망을 토해내고 있을 뿐.

서걱.

슈각.

백색 섬광이 번뜩일 때마다 황보세가의 무인들이 쓰러졌다.

그리고 지금 황보세가 내에서 폭주하고 있는 검마 노인을 감당할 수 있을 정도의 실력을 가진 인물은 없었다.

순식간에 바닥에 쓰러진 무인들의 수가 서른을 넘어갔다.

하지만 그렇게 많은 무인들을 쓰러뜨렸음에 불구하고 여전히 검마 노인은 황보세가의 무인들로 인해 포위된 상황이었다.

압도적인 무위.

그러나 지금 황보세가의 무인들에게 둘러싸인 채 한 자루의 검을 들고 서 있는 검마 노인의 모습은 왠지 위태롭게 느껴졌다.

스스로의 화를 주체하지 못하고 폭주하고 있는 검마 노인의 위세는 이대로 황보세가의 무인들을 단신으로 모조리 쓸어버릴 것처럼 보일 정도였지만, 그게 불가능하다는 것은 누구보다 사무진이 잘 알았다.

검마 노인은 결코 신이 아니었고, 인간의 내력에는 한계가 있으니까.

그래서 더 구경만 하고 있을 수는 없었다.

"꽉 잡아요."

사무진이 자운묵창을 들어 올렸다.

혼자보다는 둘이 낫다는 것은 당연한 진리였다.

등을 움켜쥐고 있는 심 노인의 손에 잔뜩 힘이 들어가는 것을 느끼며, 사무진이 신형을 날렸다.

사무진은 검마 노인을 포위하고 있는 황보세가의 무인들 가운데로 망설이지 않고 파고들었다.

그런 그의 손에 들려 있는 자운묵창의 창두 부근에 아지랑이 같은 기운이 일렁이기 시작했다.

슉.

수슉.

사무진의 움직임이 심상치 않음을 눈치챘을까.

어느새 그의 머리 위로 떨어져 내리고 있는 다섯 개의 검신.

하지만 검신들이 다가오는 것을 미리 눈치채고 있던 사무진이 가볍게 휘두른 자운묵창은 그 검신들을 모두 가볍게 튕겨냈다.

그와 동시에 자운묵창의 창두에서 일렁이고 있던 붉은 기운이 점차 강해지며 마침내 한 마리 적룡의 형태를 만들어냈다.

온전히 모습을 드러낸 한 마리 적룡(赤龍).

빙글.

사무진의 오른발이 지축을 밀어냈다.

밀어낸 지축 사이로 반쯤 파고든 사무진의 오른발.

그 오른발을 축으로 사무진의 신형이 팽이처럼 회전했다.

바닥이 패며 흙먼지가 비산할 때, 포악한 이빨을 드러낸 적
룡이 화염을 사방으로 뿜어내기 시작했다.

용형비산(龍形飛散).

용연창법의 초식들 중에서 한순간 가장 강한 위력을 발휘
하는 수법.

용린격공(龍燐擊攻)과 더불어 수많은 적들에게 둘러싸인
상황을 타개하는 데 가장 유용하다고 알려진 초식이 용형비
산이었다.

그리고 용형비산의 위력은 명불허전(名不虛傳)이었다.

적룡의 화염이 사방으로 뿜어져 나왔다.

앞을 가로막는 것이라면 그게 무엇이든 다 태워 버릴 것만
같은 거센 화염이 포위하고 있던 황보세가의 무인들을 삼켰
다.

어떻게 손을 써볼 틈도 없이 일곱이나 되는 무인들이 바닥
으로 허물어질 때, 사무진은 다시 움직이고 있었다.

물론 황보세가의 무인들도 멍청히 서서 사무진을 보내주
지는 않았다.

비록 최근 들어 그 위세가 예전 같지 않다고는 하나 황보세가는 수백 년간 천하오대세가 중 한 자리를 차지하고 있는 곳이었다.

사무진과 검마 노인에 의해 세가의 식솔들이 겪은 참혹한 죽음은, 그들에게 두려움 대신 투지를 불러일으켰다.

그래서 물러나는 대신 사무진이 움직이려 하는 방향을 가로막았다.

수십 명의 무인으로 인해 앞이 가로막힌 상황.

조금 전, 용형비산을 사용할 때와 상황은 조금도 달라지지 않았다.

아니, 오히려 아까보다 더 많은 수의 세가의 무인들에게 둘러싸여 상황은 더욱 어려워져 있었다.

하지만 사무진은 주춤하고 멈추는 대신, 이번에도 일견 무모하게 느껴지는 전진을 선택했다.

사무진의 머리 위로 일제히 쏟아지는 검신들.

쿠어어어어.

그 검신들이 사무진의 전신을 난도질하려는 그 순간, 자운묵창이 부르르 떨리며 기이한 소성이 터져 나왔다.

손에 들린 검을 내팽개치고 두 손을 들어 올려서 양쪽 귀를 막아버리고 싶을 정도로 거친 소성.

용음진세(龍音振世)였다.

육소균이 용연창법을 펼치는 것을 보며 사무진은 적지 않은 충격을 받았었다.

그것이 용연창법에 대해서 처음부터 다시 되돌아보고, 전혀 다른 방식으로 접근하는 계기가 되었다.

사무진은 물론 용연창법을 직접 만들었던 무명 노인까지 놓치고 있었지만, 음공이라 할 수 있는 용음진세는 생각보다 훨씬 더 유용한 초식이었다.

특히나 지금처럼 수많은 무인들에게 포위되어 있을 때에는 더더욱.

신법을 펼치고 있는 사무진을 향해 검을 휘두르며 달려들고 있던 황보세가의 무인들이 그 기이한 소성으로 인해 내부에 충격을 받은 듯 한순간 일제히 주춤거렸다.

그리고 사무진은 그 순간의 빈틈을 놓치지 않았다.

사무진의 오른손에 들려 있던 자운묵창이 요동쳤다.

내력이 잔뜩 실린 창대가 강물 위에서 꿈틀대며 전진하는 물뱀처럼 유려하게 요동치기 시작하며, 당황한 채 멍하니 서 있는 황보세가 무인들의 허리와 가슴을 거칠게 난타하며 지나갔다.

툭.

타탓.

내력이 잔뜩 실린 창대가 가슴과 옆구리 등을 사정없이 난

타했으니, 죽지는 않아도 어디 한 군데씩은 부러졌으리라.

열 명이 넘는 황보세가의 무인들이 바닥으로 쓰러질 무렵, 사무진의 신형은 어느새 검마 노인의 곁으로 다가가 있었다.

"너무 거친 것 아니에요?"

"화가 나니까."

"생각보다 많은데요."

"알고 있다."

"그래도 멈출 생각은 아니죠?"

"명분이 있다. 그리고 비록 중과부적인 상황이라 하더라도 명분이 있는 싸움을 피할 생각은 없다."

검마 노인의 눈빛은 강렬했다.

그 두 눈에 짙은 살기가 담겨 있음을 확인하고서 사무진도 고개를 끄덕였다.

"이왕 할 거면 제대로 하죠."

사무진이 자운묵창을 고쳐 쥐었다.

그리고 아무런 말도 없이 눈빛을 교환한 뒤, 검마 노인과 사무진이 서로 반대 방향으로 신형을 날렸다.

검마 노인의 독문무공인 마도파검.

한때 전 강호를 공포로 밀어 넣었던 검법이 삼십여 년의 시간을 격하고 황보세가에서 다시 그 모습을 드러냈다.

마병이라 불리는 역린검.

역린검의 검신은 일반 검의 검신과 분명 궤를 달리했다.

톱날처럼 자그마한 홈이 만들어져 있는 역린검의 검신은 상대의 피륙을 베는 것으로 그치지 않았다.

역린검의 검신은 상대방의 피륙으로 파고들어 한 웅큼씩이나 되는 살점들을 뜯어내면서 빠져나왔다.

"크윽."

"크아악."

피륙이 베인 것으로 모자라 생살이 통째로 뜯겨 나가는 지독한 고통.

아무리 참을성이 대단한 무인이라 하더라도 견디지 못하고 비명을 토해냈다.

피륙을 가르는 섬뜩한 파공음.

고통에 찬 비명성과 함께 장내를 뒤덮고 있는 역린검의 백광이 단 한 점의 자비도 없이 황보세가의 무인들을 쓰러뜨렸다.

난무하는 선혈.

백색 섬광으로 수놓아진 장내에서 피어나기에 더욱 자극적인 혈화(血花)가 지독한 피내음을 사방으로 풍겼다.

절정을 넘어 절대의 경지로 올라선 고수만이 보일 수 있는 위력.

명문이라 불리는 황보세가의 정예무인들을 단숨에 수세로

몰아넣는 모습을 힐끗 살핀 사무진도 자운묵창을 들어 올렸다.

혈영마존의 독문무공인 용연창법.

스스로를 천하제일인이라 자신했던 혈영마존이 말년에 깨달은 오의를 바탕으로 탄생시킨 용연창법이 본연의 위력을 드러냈다.

자욱하게 피어오른 자색 안개.

그 자색 안개 속에서 활개를 치는 것은 한 마리 적룡이었다.

포악한데다 자비라고는 찾을 수 없는 적룡의 날카로운 이빨이 황보세가 무인들을 마음껏 물어뜯으며 농락했다.

자신의 의도와는 상관없이, 기연이라 불러도 하등 이상할 것이 없는 성장을 거듭한 사무진의 무위는 스스로도 깨닫지 못하는 사이에 절정의 경지를 훌쩍 넘어 절대의 경지에 가까이 다가가 있었다.

한 번의 손짓에 만 근의 거력이 깃들어 있는데 감히 막을 자가 있을까.

황보세가의 무인들이 숨을 죽였다.

자신도 모르는 사이 공포로 물들어 있는 이들을 적룡이 거칠게 포효하며 마음껏 유린해 나갔다.

그렇게 얼마나 흘렀을까.

반대 방향으로 신형을 날렸던 사무진과 검마 노인이 다시 원래의 자리로 돌아와 등을 맞댔다.

그리고 그때는 격렬했던 장내의 싸움이 잠시 소강 상태로 접어들었다.

불과 반 각.

사무진과 검마 노인이 압도적인 신위를 보인 것은 무척이나 짧은 시간 동안이었지만, 그 신위는 투지를 불태우고 있던 황보세가의 무인들을 주춤하며 뒷걸음질을 치게 만들 정도로 대단했다.

하아. 하아.

격렬하게 뛰고 있는 심장 소리.

거칠게 변해 버린 검마 노인의 숨소리가 들렸다.

그리고 조금 전, 전력을 끌어올렸기에 슬슬 힘이 빠지기 시작하는 것은 사무진도 마찬가지였다.

하지만 애써 힘든 기색을 감춘 채 사무진이 창백한 얼굴로 미간을 찌푸리고 있는 가짜 황보진명을 향해 입을 뗐다.

"슬슬 나설 때가 된 것 같지 않아?"

사무진의 말이 끝나자 황보세가 무인들의 시선이 가짜 황보진명에게로 쏟아졌다.

기대를 품고 있는 시선들.

자신을 향해 쏟아지고 있는 그 눈빛들이 당혹스러워서

일까.

가짜 황보진명의 눈빛이 슬쩍 흔들렸다.

하지만 그는 애써 그 시선들을 모른 체했다.

지금으로서는 사무진의 제안처럼 직접 나설 생각은 전혀 없어 보였다.

오히려 그는 한 걸음 뒤로 물러났다.

대신 잔뜩 굳은 표정의 중년인들이 모습을 드러냈다.

다른 황보세가의 무인들과 달리 금의를 입은 스무 명의 중년인.

"금의무적단!"

황보세가의 무인들이 열어준 길을 통해 등장하는 자들을 물끄러미 바라보고 있던 검마 노인이 미간을 찌푸렸다.

"아는 사람들이에요?"

"직접 본 것은 이번이 처음이다. 하지만 명성은 들은 적이 있지."

"대단한가 보죠?"

"황보세가를 지키는 수호신위라고도 불린다. 대외 활동은 거의 하지 않아서 이들의 존재를 파악하고 있는 자들이 많지는 않으나, 세가가 커다란 위기에 처했을 때 모습을 드러내 세가를 위험에서 구한다고 알려진 자들이다."

금의무적단의 실력이 만만치 않음을 느껴서일까.

설명을 하고 있는 검마 노인의 목소리가 딱딱하게 굳어 있었지만, 사무진은 힐끗 한번 살핀 것이 전부였다.

　그리고 어느새 가짜 황보진명에게로 다시 시선을 돌리고 있었다.

　"치사하게 피하는 건가?"

　"착각하지 마라."

　"왜, 목숨이 아까워?"

　"대체 무슨 소릴……."

　"아니면 가짜라는 것이 들통날 것 같아서 두려워?"

　"헛소리!"

　"보아하니 쉽게 나설 것 같지는 않고 계속 숨어 있을 것 같은데. 이들을 다 죽이고 나면 그때야 직접 나설 생각인가, 아니면 황보세가의 무인들이 모두 죽고 난 다음에야 나설 생각인가?"

　빈정대는 듯한 사무진의 말을 듣고서 가짜 황보진명이 발끈해서 소리쳤다.

　"흥, 고작 둘이서 저들을 상대할 수 있다고 생각하느냐?"

　"보아하니 금의무적단이라는 이 사람들을 무척 믿는가 본데 그게 잘못된 생각이라는 것을 보여주지."

　"……."

　"그리고 그때는 직접 나서는 게 어때? 명색이 황보세가의 가주인데 그렇게 겁쟁이처럼 뒤에 숨어 있지 말고."

겁쟁이라는 말을 들은 가짜 황보진명의 얼굴이 수치심으로 붉게 달아올랐지만 그는 끝내 앞으로 나서지 않았다.

아무런 반응도 보이지 않는 가짜 황보진명을 확인한 사무진이 별수없다는 듯이 어깨를 으쓱했다.

"천하오대세가 중 한 곳인 황보세가의 가주라는 직책이 아깝네. 세상 사람들이 치사하고 더러운 짓만 골라 하는 놈들이라 욕하는 마교의 교주인 나도 마교가 위험에 처한다면 그렇게 도망치지는 않을 텐데."

가짜 황보진명을 노려보며 마지막으로 한 번 더 비꼬아준 사무진이 그제야 금의무적단을 향해 고개를 돌렸다.

"쉽지 않겠는데요."

그리고 그들을 제대로 살핀 후 사무진이 슬그머니 한마디를 던지자 검마 노인도 부인하지 않고 고개를 끄덕였다.

"그래도 달라질 것은 없다."

"그건 알아요. 우리는 마교니까요."

"그녀를 다시 만나기 전까지 앞을 막는 자들은 모두 벨 것이다. 비록 그전에 내가 먼저 죽는다면 어쩔 수 없지만."

강한 의지를 담아 꺼낸 검마 노인의 이야기.

사무진도 지금 검마 노인의 마음이 어떨지 이해하지 못하는 것은 아니었지만, 그래도 할 말은 해야 했다.

"손속에 좀 사정을 두는 게 어떨까요?"

"왜?"

"이미 죽은 자들이 많은 상황인데 이들까지 모두 죽인다면 우리가 황보세가에 온 목적 중 하나가 사라질 것 같으니까요."

황보세가까지 온 이유가 검마 노인의 첫사랑을 찾기 위함만은 아니었다.

뇌마 노인은 사무진 일행이 출발하기 전에 이미 황보세가의 가주가 가짜라는 것을 어느 정도 예상하고 있었다.

그리고 단순히 가짜 황보진명을 죽이기를 바란 것은 아니었다.

정확하게 어떤 음흉한 짓을 꾸미고 있는지는 몰라도 아무래도 뇌마 노인은 황보세가를 이용하려 하는 듯했다.

물론 그러기 위해서는 황보세가의 전력이 눈에 띄게 약해져서는 안 되었다.

"하지만……."

"조금만 기다려 봐요."

"……."

"아미성녀님은 믿을 만한 분이니까요."

마지막 말이 마음을 움직인 걸까.

잠시 눈을 감은 채 생각에 잠겨 있던 검마 노인이 결국 고개를 끄덕여 승낙했다.

그것을 확인하고서 사무진이 한숨을 돌렸지만, 그렇다고 해서 문제가 모두 해결된 것은 아니었다.

하늘 아래 무서울 것이 없는 것처럼 보이던 검마 노인의 얼굴을 일순 굳어지게 만들었을 정도로 금의무적단은 강했다.

차라리 생사를 도외시하고 싸운다면 부담이 줄어들었겠지만, 죽이지 않기 위해서 손속에 사정을 두고 싸우는 것은 죽이는 것보다 몇 배는 더 어려운 일이었다.

하지만 이미 결정을 내린 상황.

사무진이 오른손에 움켜쥐고 있던 자운묵창을 거두어들였다.

대신 품속으로 손을 넣었다.

그리고 그것을 놓칠 심 노인이 아니었다.

"교주님!"

"왜요?"

"새로운 병기를 꺼내시는 겁니까?"

"맞아요."

"대체 무엇입니까?"

호기심과 기대가 반씩 섞여 있는 심 노인의 두 눈을 슬쩍 살핀 사무진이 히죽 웃으며 대답했다.

"전에 한 번 봤을 텐데."

"제가 본 적이 있다는 말씀입니까?"

심 노인이 기억을 더듬기 시작했다.

그리고 얼마 지나지 않아 표정이 굳어졌다.

"설마?"

"원래 설마가 사람을 잡는 법이죠."

품속에서 빠져나온 사무진의 오른손에 들려 있는 것은 반짝반짝 윤이 나고 있는 숟가락이었다.

"갑자기 숟가락은 왜 꺼내십니까?"

근심이 잔뜩 묻어 있는 심 노인의 목소리를 들으며 사무진이 가볍게 대꾸했다.

"옛날 생각나지 않아요?"

"옛날 생각이야 나지요. 그렇지만……."

"왜 말을 하다 말고 그래요? 그렇지만 뭐요?"

"이런 말씀, 드리기는 뭐하지만 늘 안 좋았던 기억만 남아 있어서."

가뜩이나 창백했던 심 노인의 얼굴이 하얗게 질렸다.

곰곰이 생각해 보았지만 사무진이 신병이기 숟가락을 들었던 때마다 그다지 좋은 기억이 없었기 때문이다.

"혹시……."

"또 뭐요?"

"오늘도 몸 상태가 좋지 않으신 것은 아니겠지요?"

"솔직히 말하면 오늘도 별로예요."

심드렁한 사무진의 대답을 듣고서 심 노인의 안색이 흙빛으로 변했다.

그때, 사무진의 신형이 희끗희끗하게 변했다.

예고도 없이 갑자기 신형을 날리는 사무진을 확인하고서 금의무적단의 인물들이 순간 긴장했지만, 곧 그들은 긴장을 풀었다.

대신 의아한 표정을 지었다.

기습이라 생각했던 사무진의 움직임은 의외였다.

금의무적단과는 한참이나 떨어진 방향으로만 골라 움직이면서 흙먼지만 자욱하게 일으키고 있었다.

그리고 그런 사무진의 움직임에 의아함을 품은 것은 금의무적단만이 아니었다.

등에 업혀 있던 심 노인도 마찬가지였다.

"교주님, 지금 뭐 하시는 겁니까?"

"전에 했던 거요."

"뭘 말씀하시는 겁니까?"

"기억 안 나요?"

다시 신형을 멈춘 사무진이 신병이기 숟가락을 들어 올렸다.

그리고 그때까지도 어안이 벙벙한 표정을 짓고 있는 금의무적단의 무인들을 향해 숟가락을 내밀었다.

까딱까딱.

마치 어서 들어오라는 듯 숟가락을 까딱이는 사무진의 모습을 확인하고서 그들의 표정이 사납게 변했다.

"감히 우릴 기만하다니……."

"용서하지 않겠다."

"그 오만한 행동을 후회하게 만들어주마."

금의무적단의 인물들은 그 실력만큼이나 수양도 깊은 자들.

하지만 지금 사무진의 행동은 얕지 않은 그들의 수양으로도 참을 수 없었다.

듣도 보도 못한 숟가락을 들고서 조롱하듯 까닥거리고 있는 모습은 그들에게 엄청난 모욕감을 심어주었으니까.

그래서 그들은 주먹을 말아쥐고 신법을 펼쳤다.

하지만 그들은 곧 움찔하며 다시 뒤로 물러났다.

슈아악.

사무진의 손을 떠나 희끗희끗하게 변한 채로 날아들고 있는 것을 암기라고 생각하고서.

그렇지만 급히 뒤로 물러났던 그들의 얼굴은 곧 일그러졌다.

그들의 발치에도 닿지 못하고 땅에 박혀 있는 것이 한낱 숟가락이라는 사실을 깨닫자 수치심으로 인해 얼굴이 붉어졌다.

그래서 다시 그들이 지체하지 않고 신형을 날릴 때, 사무진의 오른손도 품속으로 들어갔다 빠져나왔다.

"교주님, 이번에는 무엇입니까?"

"새삼스럽게 또 뭘 묻고 그래요?"

"……?"

"또 신병이기 숟가락이죠."

"교주님!"

잔뜩 기대하고 있던 심 노인이 답답한 일성을 토해낼 때, 씨익 웃음을 지은 사무진이 소리쳤다.

"숟가락 두 개면… 천하에 가두지 못할 것이 없다!"

푹.

사무진의 손을 떠난 두 번째 신병이기 숟가락이 바닥에 깊숙이 틀어박혔다.

사위가 조용하게 변했다.

적막을 깨뜨린 것은 심 노인의 목소리였다.

"교주님!"

"왜요?"

전력을 다해 신병이기 숟가락을 던져 내고 고개를 숙인 채 숨을 고르고 있던 사무진을 심 노인이 불렀다.

"저들이… 저들이……."

"또 움직여요?"

"그렇습니다."

"또 빗나갔어요?"

사무진이 한숨을 내쉬었다.

하지만 심 노인의 반응은 분명 이전과는 달랐다.

예전과 달리 호들갑을 떨며 입을 뗐다.

"그게 움직이기는 하는데 좀 이상합니다. 꼭 꽁지에 불이 붙은 생쥐들마냥 미친 듯이 뛰어다닙니다."

"그래요?"

"아무래도… 성공한 것 같습니다."

"맞아요. 오늘은 빗나가지 않았네요."

사무진이 히죽 웃었다.

풍변화염진(風變火焰陳).

신병이기 숟가락을 던져 완성했던 진의 이름은 풍변화염진이었다.

그리고 지금쯤 사무진이 신병이기 숟가락을 던져 완성한 진 안에 갇혀 있는 이들은 시시각각 바람이 변하며 방향이 바뀌는 지옥의 염화처럼 뜨거운 불길을 피해 다니느라 정신이 없을 것이었다.

"아무래도 오늘 교주님의 몸 상태가 무척 좋으신 것 같습니다."

"뭘, 이 정도를 가지고."

"역시 교주님이십니다."

풍변화염진 속에 갇혀 버린 이들의 수는 금의무적단의 정확히 절반인 열 명이었다.

아까까지만 해도 낯빛이 흑색으로 변해 있던 심 노인이 언제 그랬냐는 듯 잔뜩 신이 난 목소리를 토해냈다.

그 외침을 들으며 히죽 웃고 있던 사무진이 검마 노인을 향해 고개를 돌린 후 미간을 찌푸렸다.

풍변화염진에 갇히지 않은 열 명의 금의무적단원이 움직이기 시작했다.

슈악.

쐐애액.

그리고 그들은 일제히 검마 노인을 향해 신형을 날리고 있었다.

순식간에 열 명의 금의무적단원에게 둘러싸인 검마 노인의 모습은 무척이나 위태롭게 느껴졌다.

평소라면 쉽게 당하지 않겠지만, 지금 검마 노인은 폭주에 가까운 내력의 운용으로 인해 지칠 대로 지친 상황이었다.

역린검의 검신은 공격 대신 쇄도하고 있는 권력들을 밀어내며 방어하는 것에 급급했고, 보법을 펼치고 있는 발걸음도 점차 어지러워지고 있었다.

이대로 조금만 더 시간이 흐른다면 위험하다는 판단이 서자 사무진이 지체하지 않고 달려들었다.

금의무적단의 등 뒤로 다가가며 사무진이 경천이권세를 펼쳤다.

부우웅.

대기를 찢어발기는 파공음과 함께 두 갈래로 갈라진 권력이 금의무적단의 무인의 등을 향해 파고들었다.

'격중했어!'

기습에 가까운 공격.

그래서 절대 피하지 못할 것이라 믿어 의심치 않았건만 상대는 신형을 비틀며 간발의 차로 피해냈다.

그와 동시에 동료와 눈짓을 교환한 다섯의 금의무적단원들은 사무진을 포위하듯 둘러쌌다.

그리고 그들을 힐끗 살핀 사무진이 미간을 찌푸렸다.

포위하듯 단순히 둘러싸고 있는 것이 전부였지만, 그들에게서 흘러나오고 있는 투기로 인해서 벌써 가슴이 답답해져왔다.

다행이라면 사무진을 상대하기 위해서 다섯 명이 빠져나오면서 수세에 몰려 있던 검마 노인이 조금 여유를 찾은 것이었지만, 한눈을 팔 틈도 주어지지 않았다.

천왕보(天王步).

하늘의 왕이라 불리는 천신이 거니는 걸음.

그 광오한 이름처럼 그들이 펼치는 보법에는 절도가 풍겼다.

그리고 천왕보를 펼치며 뻗어내는 권력에는 벽력의 기운이 담겨 있었다.

우르릉.

천둥소리를 동반한 채 다가오고 있는 권력을 확인하고서 사무진도 물러서지 않고 마주 주먹을 떨쳐 냈다.

이들이 만만치 않은 실력을 지니고 있다는 것은 이미 알고 있었다.

게다가 이들과 부딪치는 것은 처음이었다.

아직 상대의 실력을 정확히 파악하지 못한 상황.

하지만 자신이 있었다.

파환수라권이라면 어떤 권력에도 밀리지 않을 자신이.

그래서 피하지 않았다.

그렇지만 그것이 오만이었음을 깨달은 것은 얼마 지나지 않아서였다.

사방에서 동시에 흘러나오고 있는 천둥소리와 함께 벽력의 기운을 담은 권력들이 동시에 밀려들었다.

퍼엉.

퍼어엉.

한 번은 막았다.

아니, 단순히 막은 것이 다가 아니었다.

오히려 사무진이 내지른 경천이권세에 실린 권력이 상대가 내지른 주먹에 실린 권력을 압도했다.

그러나 상대는 혼자가 아니었다.

퍼엉.

두 번째 권력의 격돌은 백중세.

세 번째 권력이 부딪쳤을 때 처음으로 한 걸음 뒤로 물러난 사무진은 가슴이 답답함을 느끼고 두 눈이 흔들렸다.

철저한 차륜전.

일대일의 대결이라면 이미 승기를 잡았겠지만 상대는 사무진의 바람처럼 일대일로 상대해 주지 않았다.

그들은 철저하게 차륜전을 펼치며 사무진의 힘을 빼놓고 있었다.

"안 좋은데."

이런 흐름이라면 시간이 흐를수록 사무진에게 상황이 불리하게 돌아갈 것은 당연지사.

우르릉.

요란한 소리와 함께 다가오는 권력을 확인하고 허리를 뒤로 젖혀 간발의 차로 피해낸 사무진이 콧등을 찡그렸다.

완전히 피해냈다고 생각했는데도 불구하고 주먹을 감싸고

있던 권력의 파편이 왼쪽 뺨에 생채기를 남기고 지나갔다.

주르륵.

말 그대로 생채기일 뿐 깊은 상처는 아니었다.

하지만 갈라진 상처에서 붉고 뜨거운 피가 흘러나와 뺨을 적시기 시작하자 긴장감이 커졌다.

손을 들어 그 피를 스윽 닦아낸 사무진이 고개를 좌우로 꺾었다.

이들에 대해 설명할 때 검마 노인의 목소리가 딱딱하게 굳어졌던 것도, 가짜 황보진명이 그토록 자신감을 보였던 것도 모두 이해가 갔다.

이들은 그만큼 강했다.

피해야 했다.

피할 수 있는 것은 피하고, 흘릴 수 있는 것은 흘리면서 싸워야 했다.

하지만 자존심이 상했다.

금의무적단 전부도 아니고 고작 다섯도 감당하지 못하고 피해야 한다는 사실을 도저히 인정할 수 없었다.

"까짓것, 한 번 놀아보자고."

주먹을 다시 말아 쥐었다.

자운묵창을 들고 용연창법을 펼친다면 지금과는 싸움의 양상이 또 달라지겠지만 그러고 싶지 않았다.

온전히 파환수라권만으로 이들이 펼치는 벽력권법을 눌러 버리고 싶었다.

천지미리보를 펼치며 앞으로 달려나가던 사무진이 허리를 비틀었다.

"윽!"

정통으로 얻어맞은 것은 아니었다.

제때 허리를 비틀어 흘렸기에 가볍게 스친 것에 불과했지만 권력에 실려 있는 무거움은 마치 둔중한 쇠몽둥이에 얻어맞은 것 같은 충격을 전해주었다.

하지만 사무진은 이를 악물고 참아냈다.

위험을 무릅쓴 대가는 좁혀진 거리.

그리고 상대가 절대 피할 수 없다고 자신하는 단파삼권을 펼치기에 적당한 거리였다.

슉. 슉. 슉.

섬전처럼 빠른 세 번의 주먹질.

세 갈래로 갈라진 주먹이 제대로 틀어박혔다.

하지만 사무진에게는 단파삼권을 얻어맞은 사내가 쓰러지는 것을 확인할 만한 시간조차 주어지지 않았다.

어느새 등 뒤로 따라붙고 있는 권력을 느끼고 단파삼권을 펼치자마자 재빨리 신형을 돌리며 다시 주먹을 내질렀다.

퍼엉.

권력이 부딪치는 순간, 사무진의 머릿속이 하얗게 변했다.

지금 마주친 권력에 실린 힘이 강해서가 아니었다.

'잘못됐어!'

앞이 아니라 뒤가 문제였다.

어째서일까.

지금 사무진의 등 뒤에는 아무도 없어야 하는데, 인기척이 느껴졌다.

그리고 뒤에 서 있는 자가 휘두른 권력이 다가오고 있었다.

쿵.

어떻게 된 걸까.

등 뒤에서 다가온 권력이 반쯤 몸을 비튼 사무진의 옆구리를 강타하고 지나갔다.

그 권력에 실린 힘을 감당하지 못하고 비틀거리며 몇 걸음이나 물러난 후에야 간신히 신형을 멈춰 세운 사무진은 당혹스러움을 감추지 못했다.

단파삼권을 펼칠 때 분명히 제대로 들어갔다는 느낌이 들었다.

그런데 상대가 쓰러지지 않고, 오히려 예상치 못한 반격까지 펼친 것이었다.

'왜지?'

선뜻 이해가 가지 않았지만 그 이유에 대해서 깊이 생각해 볼 여유가 없었다.

천지미리보를 펼치며 이를 악물고 달려나간 사무진이 다시 주먹을 날렸다.

第二章
살다 보면

荷蘊乳蒸煎棄湯細賜其福佑弟子王
至大改元四月佛浴道音廣爲傳行
日弟子趙孟頫敬書長座前再
老君演此真妙經竟

共同
傳人
公동전인

"빌어먹을!"

입가를 타고 흐르는 선혈을 닦아내며 사무진은 가짜 황보진명을 노려보았다.

'어떠냐, 네놈 따위가 감당할 수 없다는 내 말이 사실이지' 라고 말하고 있는 듯 밉살맞은 웃음을 짓고 있는 얼굴을 바라보다 보니 노기가 치밀어 올랐다.

당장에 달려가서 웃고 있는 면상에 주먹을 날리고 싶지만, 여전히 포위하듯 둘러싸고 있는 이들 때문에 쉽지 않았다.

'깨뜨려야 하는데.'

이들이 펼치는 것은 복잡한 진세가 아니었다.

아까도 말했지만 단순한 차륜전.

하지만 개개인의 무공이 절대 만만치 않은데다가, 오랫동안 손발을 맞춰온 자들답게 시의적절한 순간에 협공을 펼치기에 고전을 면치 못하고 있었다.

옆구리와 어깨에 욱신거리는 통증이 찾아왔다.

하지만 사무진은 그 통증에 신경을 분산시키지 않고 무심한 표정으로 노려보고 있는 다섯의 금의무적단원을 노려보았다.

'독수비공? 환환만화공? 천괴지둔공?'

그런 사무진의 머릿속으로 무공들이 떠올랐다.

차륜전을 펼치고 있는 저들을 흔들어놓을 수 있는 무공들.

하지만 사무진은 이번에도 힘껏 고개를 흔들어 잠시 머릿속에 떠올렸던 그 무공들을 지워 버렸다.

'파환수라권. 파환수라권으로 상대해야 해.'

왠지 그래야 할 것 같았다.

그러지 않으면 설령 이들을 이긴다 하더라도 개운치 않을 것 같았다.

"교주님."

"왜요?"

"자운묵창을 뽑으시는 것이 어떨까 합니다."

"죽기는 싫은가 보죠?"

"칠마존의 위치에 오른 지 얼마 되지도 않았는데 죽는 것은 좀… 허허."

얼마나 긴장했는지 등허리의 옷이 찢어질 정도로 움켜쥐고 있던 심 노인의 이야기를 듣고서 사무진이 피식 웃었다.

오래 살고 싶은 마음이야 어찌 다를까.

하지만 사무진은 자운묵창을 끝내 꺼내 들지 않았다.

대신 그때까지 등에 업고 있던 심 노인을 향해 입을 뗐다.

"알아서 살아남아요."

겁을 집어먹은 표정의 심 노인이 뭔가 할 말이 남은 듯 입술을 달싹였지만, 사무진은 냉정하게 고개를 돌렸다.

뼈밖에 남지 않아 무게가 얼마 나가지도 않는 심 노인을 업고 있었다고 해서 움직임에 큰 방해가 된 것은 아니었다.

하지만 그의 안전에 신경이 쓰이는 것은 어쩔 수 없었고, 그로 인해 움직임이 위축된 면도 없지 않았다.

그리고 지금 이들은 최선을 다해도 이길 수 있을지 자신할 수 없는 상대들.

자신이 있어서일까.

사무진이 등에 업고 있던 심 노인과 이야기를 나누는 것이 끝날 때까지 조용히 기다리고 있는 이들을 노려보며 사무진은 생각에 잠겼다.

파천무극권은 파환수라권이 만들어낼 수 있는 마지막 초식.

이전과 달리 파천무극권을 자유자재로 펼칠 수 있음에도 불구하고 단파삼권에 의존하는 이유가 무엇일까.

스스로에게 던지는 자문.

지금까지 한 번도 심각하게 생각해 본 적이 없었던 질문을 던져 놓고 생각에 잠겼던 사무진이 입술을 삐죽였다.

자문했던 것에 대한 답은 어렵지 않게 찾을 수 있었다.

습관이었다.

가까운 거리에서는 단파삼권을 펼쳐야 한다는 고정관념에 지금까지 사로잡혀 있었던 것은 아닐까.

머릿속이 환하게 밝아졌다.

아니, 고정관념이라 할 수 있었던 생각이 바뀌자 파환수라권에 대해서 다시 생각해 볼 수 있는 계기가 만들어졌다.

단파삼권과 경천이권세, 그리고 파천무극권까지.

초식이란 동작을 연속으로 펼쳐 만들어지는 일련의 행동이었다.

내력의 운용과 밀접하게 연관되어 있기에 진기의 집중을 강하게 만들 수 있는 장점을 가진다.

그래서 추호도 의심하지 않았다.

상대와 벌어진 거리에 따라서 습관처럼 세 가지 초식을 달리 사용한다는 것을.

하지만 지금 처음으로 의문을 품었다.

'진기의 조절이 자유로워진 지금까지 굳이 거리에 연연할 필요가 있을까?

거리는 더 이상 문제가 되지 않는 경지.

그럼에도 불구하고 당연하다시피 거리를 좁히고 파고들어서 단파삼권을 펼쳤던 것은 고정관념이었다.

그리고 그것이 문제였다는 것을 깨닫고 사무진이 급히 숨을 들이켰다.

상대는 더 이상 기다려 주지 않았다.

좀 더 기다려 주었으면 하는 바람이 있었지만, 생사를 경계에 두고 치열하게 싸우고 있는 상대에게 바랄 수 있는 것이 아니었다.

우릉.

우르릉.

대기를 찢어발길 듯한 천둥소리와 함께 다가오는 권격을 슬쩍 피한 사무진은 거리를 좁히며 다가가는 대신 파천무극권을 펼쳤다.

사무진의 손끝을 벗어나 날아가는 강기의 덩어리.

전혀 예상치 못한 공격이어서일까.

당황한 사내가 움찔하며 마주 주먹을 휘둘렀지만, 뇌마 노인조차 혼자서 감당하지 못했던 강기의 덩어리였다.

강기에 실린 힘을 감당하지 못하고 뒤로 밀려나던 사내가 울컥하고 한 움큼의 선혈을 토해낸 뒤 바닥에 주저앉았다.

그 모습을 확인하자마자 사무진이 이번에는 단파삼권을 펼쳤다.

거리의 제약이 없어진 지금, 세 갈래로 뻗어져 나간 권력은 원래의 위력을 훨씬 능가했다.

지금까지 손속을 나누었기에 사무진이 펼친 단파삼권에 실린 위력을 짐작하고 있던 무인들은 피하는 대신 주먹을 휘둘러 부딪쳤다.

그리고 그것이 그들의 실수였다.

공격에 실려 있던 예상을 뛰어넘는 위력으로 인해 그들은 충격을 받고 주춤하며 뒤로 물러났다.

쿨럭.

쿨럭.

내상을 입은 듯 선혈이 섞인 기침을 토해내는 그들을 바라보던 사무진이 힘껏 고개를 끄덕였다.

"틀에 얽매이지 마라."

파환수라권을 전해주던 당시의 무명 노인의 이야기.

그 당시만 해도 깊이 생각하지 않고 지나쳤었는데 이제야 그 이야기에 담긴 의미를 조금은 깨달을 수 있었다.

파환수라권에 있어서 초식이란 결국 몸 안의 내력이 좀 더 강해지는 길을 열어주는 하나의 방편일 뿐.

진기의 흐름에 제약이 없어진 지금 초식이라는 틀에 얽매일 필요는 없었다.

'그렇다면 용연창법의 초식들은?'

하나의 무리가 풀리자 또 다른 길이 열리려 했다.

그러나 아쉽지만 사무진은 거기서 생각을 멈추어야 했다.

내상을 입은 채로 다시 다가오고 있는 금의무적단의 인물들은 차륜전을 펼치는 것을 포기한 듯 보였다.

그들이 동시에 내지른 권력이 엄청난 압력으로 다가오고 있었다.

'피하고, 흘리고, 그리고 내지른다!'

가장 기본적이면서도 지금껏 실천하지 못했던 것들.

밀어닥치고 있는 권력들 사이로 사무진이 망설임없이 걸음을 옮겼다.

얼굴을 향해 다가오던 권력은 피했다.

가슴을 노리고 다가오는 권력은 피할 수 없었기에 흘렸다.

남은 두 개의 권력은 피하지도 흘리지도 않고 부딪쳤다.

펑. 펑.

경천이권세?

비슷했지만 아니었다.

사무진은 파천무극권을 두 번 연달아 펼쳤다.

창백한 얼굴로 뒤로 물러나고 있는 금의무적단의 무인들을 노려보던 사무진이 슬그머니 고개를 돌렸다.

그리고 검마 노인의 상황을 살피던 사무진이 미간을 찌푸렸다.

검마 노인의 모습은 평소와 달랐다.

원래라면 어렵지 않게 막아냈을 공격이었지만, 멍하니 넋을 놓은 채 아련한 눈빛으로 어딘가를 바라보고 있었다.

위태로운 검마 노인의 모습.

가만히 두고 볼 수는 없었기에 사무진이 신형을 날려 검마 노인을 향해 떨어져 내리고 있던 공격들을 간신히 쳐냈다.

"왜 한눈을 팔고 그래요?"

숨을 고르기도 전에 사무진이 소리쳤지만 검마 노인은 고개를 돌리지도, 대답하지도 않았다.

마치 아무것도 들리지 않는 사람처럼 여전히 한 곳만을 응시하고 있었다.

그제야 뭔가를 느낀 사무진도 고개를 돌렸다.

그곳에는 초췌한 모습으로 서 있는 여인이 있었다.

차마 검마 노인을 마주 바라보지 못하고 고개를 푹 숙이고 있는 여인의 모습을 확인한 순간, 눈치챘다.

저 여인이 검마 노인의 첫사랑이라는 것을.

"천련… 지약."

그리고 검마 노인이 갈라진 목소리로 꺼낸 '천련지약'이란 단어를 들은 순간, 여인의 신형이 떨리기 시작했다.

"지키지 못한 약속."

그 떨림을 확인한 검마 노인이 갑자기 검을 던져버린 채 땅바닥에 무릎을 꿇었다.

마치 사죄라도 하는 것처럼.

그게 기회라고 생각했을까.

금의무적단의 무인들이 다시 한 번 신형을 날렸고 사무진도 지지 않고 주먹을 날릴 때, 굵은 목소리가 들려왔다.

"그만 멈추도록 하게!"

내력이 실린 목소리는 아니었다.

하지만 그만 멈추도록 하라는 목소리를 듣자마자 금의무적단 무인들이 일제히 공격을 멈추고 뒤로 물러났다.

그런 그들의 눈에 떠올라 있는 감정은 당혹감.

아니, 당혹스러워하고 있는 것은 그들만이 아니었다.

지금 이곳에 있는 황보세가의 무인들은 모두 갑작스런 상황에 당혹스러움을 감추지 못하고 있었다.

두 명의 세가주.

옷차림이 다르고 행색이 다르기는 했으나 지금 그들의 눈 앞에는 똑같은 얼굴을 하고 있는 두 명의 세가주가 서 있었 다.

어느 쪽이 진짜일까.

장내가 술렁였다.

그리고 웅성거림이 커져 갈 때, 가짜 황보진명이 앞으로 나 섰다.

"멍청하게 서서 뭣들 하느냐? 당장 저들을 모두 죽여라."

내력이 실린 일갈이 터져 나왔지만, 황보세가의 무인들은 술렁이기만 할 뿐 어느 누구도 쉽게 움직이지 않았다.

그리고 화가 난 듯 얼굴이 붉게 상기된 가짜 황보진명이 검 을 빼 든 채 다시 소리를 질렀다.

"저들은 마교의 놈들이다. 마교의 놈들과 작당한 것만 봐 도 저들이 가짜라는 것이 자명하지 않으냐? 당장 저들을 죽여 라."

서두르는 기색이 역력했지만 이번 말은 설득력이 있었다.

그래서 황보세가 무인들의 마음이 그의 말을 따라 움직일 때, 이쪽에서는 아미성녀가 나섰다.

"진짜와 가짜도 구분하지 못하는 우를 계속해서 저지를 셈 인가? 외인이라 할 수 있는 내가 보는 순간 가짜임을 알아챘는데 같은 식구라 할 수 있는 자들이 그 정도도 파악하지 못할 정도로 우매하단 말인가?"

나직했지만 아미성녀의 목소리에는 사람의 마음을 움직이는 현기가 실려 있었다.

그래서 황보세가의 무인들이 다시 주춤할 때, 가짜 황보진명도 지지 않고 다시 한 번 소리를 질렀다.

"헛소리에 현혹되지 마라!"

"떠올려 보게, 그대들의 가주가 어떤 사람이었던지를. 지금 저 경망스러운 언사를 보여주는 이가 정녕 자네들의 가주였던가?"

한 치도 물러서지 않는 설전.

어느 쪽의 말이 옳을까.

누구의 말이 진실인지에 대해서 쉽게 결정을 내리지 못한 채 장내의 혼란은 극을 향해 치달아갔다.

하지만 옛말은 틀리지 않았다.

결국 팔은 안으로 굽는 법이었다.

비록 아미성녀의 명성이 대단하다고는 하나, 아까 그녀가 스스로 밝혔듯이 결국 외인일 뿐이었다.

잠시의 시간이 흐른 뒤 아미성녀를 향해 노골적인 적의를 드러내는 황보세가의 무인들이 다시 검을 들었다.

그것을 확인한 검마 노인도 바닥에 던져 버렸던 역린검을 움켜쥐었다.

검병이 부서질 정도로 움켜진 검마 노인은 묵묵히 걸음을 옮겨 황보수경의 앞으로 다가가 등을 돌렸다.

비록 어떤 말도 꺼내지 않았지만, 그녀를 지키겠다는 의도.

그 의지는 말이 아니라 검으로 드러났다.

가장 먼저 움직인 황보세가의 무인이 검을 떨쳐 보기도 전에 역린검이 사내의 목을 베고 지나갔다.

그리고 그것이 시작이었다.

검마 노인이 전력을 다해 만들어내고 있는 백광에는 단 한 점의 자비도 담겨 있지 않았다.

순식간에 열 명에 가까운 황보세가의 무인들이 절명했다.

그때, 아미성녀의 곁에 서 있던 황보진명이 탄식을 내뱉으며 앞으로 나섰다.

그리고 아미성녀에게 부탁했다.

"검을 멈춰주시지요."

"검을 멈추라?"

"모두 제 탓입니다."

"……"

"어르신의 도움은 이 정도로 충분합니다. 이제는 제가 직접 증명해야겠지요. 검을 잠시 빌려주시겠습니까."

"자네."

희미한 웃음을 지은 채 손을 내밀고 있는 황보진명을 바라보던 아미성녀가 걱정스런 표정을 지었다.

하지만 결국 청을 거절하지 못하고 검을 끌러 주었다.

스르릉.

청아한 쇳성과 함께 하얀 검신이 모습을 드러냈다.

"좋은 검이로군요."

"그동안 몸이 많이 상한 상황이네. 대체 무엇을 하려는 겐가?"

"제가… 할 수 있는 것을 하려 합니다."

뇌옥에 갇혀 있는 동안 갖은 고초를 겪어서일까.

분명 황보진명의 몸 상태는 정상이 아니었다.

스스로의 힘으로 일어서지도 못하고 소윤철의 부축을 받아서 간신히 걸음을 뗐던 것만 봐도 알 수 있었다.

하지만 지금 아미성녀에게서 빌린 검을 들고서 우뚝 서 있는 황보진명의 목소리는 담담했다.

자신의 몸 상태 따위는 아무 문제도 되지 않는다는 듯이.

그런 그가 천천히 검을 들어 올렸다.

그리고 그의 검이 가리킨 것은 가짜 황보진명이었다.

"직접 나서게."

"……?"

"살아남는 자가 진짜겠지."

전혀 예상치 못했던 전개여서일까.

잠시 당황한 기색을 드러냈던 가짜 황보진명은 곧 코웃음을 쳤다.

이미 뇌옥에 갇힌 시간이 육 개월이 훌쩍 넘어갔고, 그동안 겪은 고초로 황보진명의 몸 상태가 쇠약해질 대로 쇠약해져 있다는 것을 그는 알고 있었다.

그래서 그는 그 제의를 거절하지 않았다.

"살아남는 자가 진짜라. 진심인가?"

"물론 진심이지."

"나쁘지 않은 제안이로군."

"그럼 시작하지."

"그런데 그 몸으로 검을 휘두를 수나 있을까? 내가 보기에는 그냥 서 있는 것조차 힘들어 보이는데."

"내 걱정은 말아. 살아남는 것은 결국 나일 테니까."

"흥, 두고 보면 알겠지."

넓은 공간이 순식간에 만들어졌다.

그리고 그 공간에 같은 얼굴을 가진 두 명의 황보진명이 서로를 향해 검을 겨눈 채 대결을 준비했다.

황보진명이 왼손에 움켜쥐고 있던 검을 천천히 들어 올렸다.

본격적인 대결이 시작되기도 전에 그의 얼굴은 이미 창백하게 질려 있었지만, 두려운 빛은 없었다.

그리고 먼저 움직인 것도 그였다.

샤사삭.

검을 들고 서 있는 것조차 힘겨워 보이던 황보진명이 신법을 펼쳤다.

그가 펼친 것은 황보세가가 자랑하는 보법인 천왕보.

힘이 제대로 들어가지 않아 후들거리는 다리로 그는 하늘의 왕이 내딛는 걸음인 천왕보를 펼쳤다.

그리고 그가 휘두른 검은 웅혼한 기세를 담은 채 가짜 황보진명의 머리 위로 떨어져 내렸다.

쩌엉.

물론 가짜 황보진명도 순순히 당하지는 않았다.

예상을 뛰어넘는 움직임에 일순 당황하기는 했지만, 그는 차가운 미소를 머금은 채 검을 쳐 올렸다.

그리고 일검을 교환한 후 손해를 본 것은 예상대로 황보진명이었다.

그는 다섯 걸음이나 뒤로 물러난 것으로도 모자라 검을 바닥에 틀어박고서야 간신히 멈추었다.

극명하게 드러난 내력의 차이.

단 일검의 교환이었지만 승부는 이미 갈린 것이나 마찬가지였다.

더 이상 볼 필요도 없을 정도로 일방적으로 밀리는 황보진명의 모습.

애초에 뇌옥에 갇혀 몸이 상할 대로 상한 황보진명이 이 대결에 나선 것부터 무리라고 할 수 있었다.

하지만 황보진명은 여기서 포기하지 않았다.

검을 움켜쥔 채 다시 앞으로 달려나가고 있었다.

"누가 좀 말려야 될 것 같은데."

그 모습을 바라보던 사무진이 걱정스런 표정으로 입을 뗐다.

이대로 조금만 시간이 흐르면 필패(必敗).

아니, 고작 패하는 것 정도에서 끝나는 것이 아니라 황보진명은 이 대결에서 죽을 가능성이 농후했다.

가짜 황보진명은 이것을 기회라고 생각하고 있을 테니까.

하지만 아무도 나서는 이가 없었다.

그래서 참지 못하고 사무진이 나서려 할 때, 아미성녀가 만류하듯 어깨를 잡은 채 고개를 흔들었다.

"왜 말려요?"

"이건 그의 싸움이다."

"하지만……."

"다른 누군가가 대신해 줄 수 있는 것이 아니다."

아미성녀의 이야기가 끝났을 때, 다시 일검을 교환한 황보진명이 뒷걸음질을 치는 것이 보였다.

그리고 이번에는 더욱 심각했다.

그의 입가를 타고 흘러내리고 있는 검붉은 선혈은 내상이 심각하다는 것을 말해주고 있었다.

"저러다 죽겠는데요."

"몰랐느냐?"

"뭘요?"

"그는 지금도 진원진기를 사용하고 있다."

"왜 그렇게 무모한 짓을 한데요?"

무인에게 있어서 진원진기는 생명이나 마찬가지.

진원진기를 사용하면서 이 대결을 이어나가는 것은 자신의 생명을 스스로 갉아먹는 행동과 다름없었다.

그래서 사무진이 이해할 수 없다는 표정을 짓고 있을 때, 아미성녀가 대답했다.

"이 대결을 하기 위해서는 그 방법밖에는 없으니까."

"아무리 그래도……."

"자신의 몸 상태가 어떤지 가장 잘 알고 있는 것은 본인이지. 그럼에도 그가 이 대결을 피하지 않고 자청한 이유는 그가 황보세가의 가주이기 때문이다."

무슨 뜻일까.

그 말의 의미를 헤아리지 못해서 사무진이 고개를 갸웃하는 사이에도 황보진명은 죽을힘을 다해 검을 휘두르고 있었다.

생명을 다하고 한 줌 불꽃으로 사그라지려 하는 불씨를 다시 살리기 위해 애쓰는 듯한 그의 처절한 몸짓.

물론 그렇다고 해서 상황이 변하지는 않았다.

그는 여전히 일방적으로 밀리고 있었고, 금방 쓰러진다고 해도 이상하지 않을 정도로 상황은 최악으로 치닫고 있었다.

생명을 다한 채 점점 꺼져 가는 불씨.

그 이상도 이하도 아니었다.

지금 그에게 남은 것은 투지뿐이었다.

그리고 그가 불태우고 있는 투지는 바라보고 있는 이들을 감탄하게 만들 정도였지만, 딱 거기까지였다.

대결의 승패를 가르는 것은 어디까지나 실력이었다.

물론 투지라는 것도 어느 정도 승패에 영향을 미치는 요인이라고는 하나, 어디까지나 한계가 존재했다.

대결을 펼치고 있는 두 사람의 실력이 어느 정도 엇비슷하지 않다면 그 투지는 헛된 몸부림에 불과해지는 것이었다.

쿵.

황보진명이 다시 바닥에 쓰러졌다.

그 상황에서도 검을 놓치지 않은 것은 칭찬받을 만한 것이었지만, 그는 격렬한 기침을 하며 몇 덩이의 검붉은 선혈을 바닥에 토해내고 있었다.

더 이상은 무리였다.

여기서 다시 일어선다면 돌아오는 것은 죽음뿐이었다.

그래서 사무진이 참지 못하고 아미성녀의 손길을 뿌리치고 나서려 할 때였다.

"사자… 철혈검!"

"응?"

"사자… 철혈검."

"뭐라 그랬어요?"

"난 아무 말도 하지 않았다."

"분명히 들었는데……."

사무진이 고개를 홰홰 돌렸다.

그런 그의 눈에 이 대결을 바라보고 있는 황보세가의 무인들이 들어왔다. 그들의 눈빛은 처음과는 달라져 있었다.

"사자철혈검!"

그리고 이번에는 확실히 들었다.

그들 중 누군가가 꺼낸 이야기를.

"사자철혈검이 뭐예요?"

"황보진명 가주가 펼치는 무공이다."

"그래요?"

"황보세가를 대표하는 무공이지."

대답하는 아미성녀의 목소리에 힘이 실려 있었다.

그리고 그사이, 다시 일어서지 못할 것이라 예상했던 황보진명은 다시 검을 든 채 일어나 있었다.

"고집은 더럽게 세네."

그 모습을 바라보던 사무진이 고개를 절래절래 흔들며 그를 좀 더 자세히 살폈다.

바르르.

검을 들고 있는 것조차 힘겨워서일까.

황보진명의 손에 들린 검은 가늘게 떨리고 있었다.

그의 검에 담긴 위력은 보잘것없는 수준이었지만, 여전히 웅혼한 기세만은 남아 있었다.

하지만 사무진은 직감했다.

이제 진짜 마지막이라는 것을.

다시 한 번 부딪치게 될 경우, 황보진명은 더 이상 버티지 못할 것이 확실했다.

그리고 사무진의 생각은 틀리지 않았다.

쩌엉.

한계에 다다랐을까.

일검을 교환한 순간, 황보진명이 비틀거리며 뒤로 물러

났다.

그런 그의 목숨을 확실히 끊어놓기 위해서 가짜 황보진명이 신법을 펼쳐 그의 곁으로 바싹 따라붙었다.

"끝이다!"

비릿한 미소를 지은 채 가짜 황보진명이 검을 휘둘렀다.

그 순간, 예상치 못한 일이 벌어졌다.

쩌엉.

검과 검이 다시 부딪쳤다.

하지만 황보진명이 아니었다.

가짜 황보진명이 휘두른 검과 부딪친 것은 금의무적단의 무인 중 하나가 다가와 휘두른 것이었다.

"무슨 짓이냐?!"

그것을 확인하고서 가짜 황보진명이 노성을 터뜨렸다.

그러나 그의 검을 막은 금의무적단의 무인도 물러나지 않았다.

그리고 그사이, 또 다른 금의무적단의 무인들이 다가가 비틀거리고 있는 황보진명을 부축했다.

"이게 무슨 짓들이냐고 물었다."

"사자철혈검."

"무슨 소리냐?"

"당신이 가짜요."

"……."

"당신이 무공을 펼치는 것을 보고 알았소. 당신은 황보세가의 무공을 흉내 낸 것일 뿐이오."

가짜 황보진명이 허를 찔린 듯한 표정을 지었다.

하지만 그도 잠시, 그는 노성을 토해냈다.

"네놈들이 저 사악한 것들과 손을 잡고서 역모를 꾀하는구나. 이러고도 네놈들이 무사할 것 같으냐?"

가짜 황보진명이 서슬 퍼런 기세로 소리를 지르며 자신의 앞을 막은 금의무적단의 무인들을 노려보았다.

그러나 상황을 역전시키기 위해 택한 이번 행동도 그의 실수였다.

그의 서슬 퍼런 기세에 전혀 주눅 들지 않은 채 금의무적단의 무인은 무심한 목소리로 대꾸했다.

"이것으로 더욱 확실해지는구려. 가주님께서는 단 한 번도 우리를 놈이라 부르지 않으셨소."

가짜 황보진명의 낯빛이 흙색으로 변했다.

사무진이 고개를 끄덕였다.

조금 전까지만 해도 이해하기 힘들었던 아미성녀의 이야기가 비로소 이해되기 시작했다.

황보진명이라고 해서 자신의 몸 상태를 몰랐을 리가 없

었다.

무모하다는 것을 알면서도 그는 이 대결을 택한 것이었다.

사무진과 검마 노인, 아미성녀에게 부탁할 수도 있었지만 그는 자청해서 이 어려운 싸움을 택했다.

그리고 그 이유는 그가 황보세가의 가주이기 때문이었다.

만약 사무진과 검마 노인에게 부탁했다면 어떤 결과가 나오더라도 황보세가는 큰 피해를 입는 것을 피하지 못했을 터였다.

그 사실을 예견하고 있었기 때문에 그는 직접 나섰다.

진원진기가 손상되는 것까지 감수하면서.

"꽤 멋진데요."

"괜히 명문세가라 불리는 것이 아니지. 수백 년을 이어온 역사란 한순간에 만들어지는 것이 아니니까."

"……."

"너도 잘하고 있다."

"제가요?"

"이미 만들어져 반석에 올라 있는 것을 이끌어가는 것과 아무것도 없는 상황에서 새롭게 만들어가는 것은 분명 다르다. 물론 후자가 훨씬 더 어려운 일이지. 그렇지만 너는 잘해내고 있지 않느냐?"

"그런가요?"

"그럼."

"역시 나만큼 뛰어난 교주가 없죠?"

"내겐 항상 네가 최고다."

아미성녀가 얼굴을 붉혔다.

그리고 그것을 확인하고서 사무진이 한숨을 내쉬었다.

"그래도 내 편이 한 명은 있네요."

"죽는 날까지 변하지 않을 것이다."

"다른 사람들도 나만큼 훌륭한 교주가 없다는 사실을 알았으면 더 좋았을 텐데."

교주의 권위에 대해서는 쥐꼬리만큼도 생각하지 않고 날이면 날마다 못 잡아먹어서 난리인 희대의 살인마들을 떠올리며 한마디를 던진 사무진이 쓴웃음을 지었다.

쿡. 쿡.

날카로운 검극이 또 옆구리를 찌르고 있었다.

그리고 이건 심 노인의 손에 들려 있던 검이었다.

본격적인 대결이 시작되자 죽은 듯이 꿈쩍도 하지 않고 있더니, 대충 장내가 정리될 기미가 보이자 다시 입이 근질근질한 것이 틀림없었다.

"아프거든요."

"무슨 말씀이십니까?"

"내 옆구리를 찌르고 있는 칼 좀 치워줄래요?"

"죄송합니다. 그만 실수로……."

아직까지도 사무진의 등에 업혀 있던 심 노인이 미안한 표정을 지었다.

"실수 맞아요?"

"네?"

"혹시 이번 기회에 그 칼로 날 찔러 죽이고서 마교의 교주 자리를 차지하려는 심산인 것 아니에요?"

"그럴 리가 있습니까? 교주님에 대한 제 충성심을 어찌 표현해야 될지 모르겠습니다. 자꾸 팔에 힘이 빠져서……."

심 노인이 그다지 신뢰가 가지 않는 변명을 늘어놓으면서 등에서 내려왔다.

그리고 눈을 빛내며 칼을 들어 올리는 것을 보던 사무진이 입을 뗐다.

"조용히 해요."

"무슨 말씀이십니까?"

"괜히 이상한 소리 질러서 분위기 깨지 말란 말이에요."

"교주님, 이 상황에 어찌 가만히 있을 수 있습니까? 마교의 칠마존 중 일인으로서 이번에 저희 마교가 얼마나 큰 활약을 했는지 이들에게 말해주어야……."

"칠마존도 좋고, 마교의 기개도 좋아요. 다 좋은데 그래도 지금은 참아요.”

“……?”

“이 순간을 삼십 년도 넘게 기다린 사람이 있으니까요.”

사무진이 검마 노인을 향해 고개를 돌렸다.

그리고 그곳에는 앞을 가로막는 것은 무엇이든지 베어버릴 기세로 살기를 뿜어내며 폭주하던 검마 노인은 없었다.

대신 한 여자 앞에서 무슨 말을 어떻게 꺼내야 할지 몰라 곤혹스런 표정을 짓고 있는 검마 노인이 서 있었다.

쉽게 입을 떼지 못하고 머뭇거리기만 하고 있는 검마 노인을 확인하고서 사무진이 한숨을 내쉬었다.

수백 명이나 되는 황보세가의 무인들에게 둘러싸여 있을 때도 긴장하지 않던 검마 노인은 지금 고개도 제대로 들지 못하고 있었다.

더는 참지 못하고 사무진이 곁으로 다가갔다.

그리고 귓속말을 건넸다.

“천련지약이 뭐예요?”

“지키지 못한 약속.”

“……?”

“그날 그대로 헤어질 수 없었다. 그래서 전음을 남겼다. 정확히 십 년이 지난 후에, 우리가 처음 만나 서로의 마음을 나누었던 곳에서 기다리겠다고. 날 용서한다면 다시 그곳에 나와달라고."

검마 노인의 목소리는 침통했다.

그리고 그 이유를 사무진은 짐작했다.

아마 그날, 검마 노인은 그 자리에 나가지 못했을 것이었다.

그때 그는 혈마옥에 갇혀 있었을 테니까.

얼마나 마음이 아팠을까.

스스로 했던 약속조차 지키지 못했을 뿐 아니라 아무런 소식조차 전하지 못했을, 당시 검마 노인이 느꼈을 비통함이 전해졌다.

그로부터 삼십 년이 훌쩍 지나 다시 만난 그녀.

너무나 보고 싶었던 여인이지만 먼저 다가가지 못하고 주저하고 있는 검마 노인의 지금 모습이 이해가 갔다.

뒤늦게 궁색한 변명이라도 만들고 있는 것처럼 복잡한 눈빛으로 서 있는 검마 노인을 향해서 사무진이 한마디를 꺼냈다.

"그러지 말아요."

"······."

"그냥 솔직하게 말해요."

"솔직하게?"

"자존심을 세우고, 그래서 마음에도 없는 말을 꺼내기에는 너무 오래 기다렸잖아요. 나중에 후회하지 말고요."

"그래."

"그리고……."

"……?"

"떠나고 싶으면 떠나요."

검마 노인이 눈을 크게 떴다.

그리고 잠시 사무진을 바라보던 검마 노인의 입가로 희미한 웃음이 떠올랐다.

"고맙다."

"고맙긴요, 뭘. 아무 걱정 하지 말고 떠나고 싶으면 가세요. 우리 마교에는 구두쇠 심 노인이 있잖아요"

갑자기 자기 별호와 이름이 나와서 놀란 걸까.

무공을 익히지는 않았지만 청력 하나는 절정고수 못지않게 밝은 심두홍이 귀를 쫑긋 세울 때 검마 노인은 마침내 걸음을 뗐다.

그리고 드디어 첫사랑의 앞에 마주 선 검마 노인이 사무진의 충고대로 솔직하게 마음을 고백했다.

"보고 싶었어."

사람 사이의 오해란 쉽게 풀리지 않는다.

시간이 지나면 모두 해결된다고 속편한 소리를 하는 사람들도 있지만 그것은 제대로 알지 못하는 자들이 제멋대로 지껄여 낸 말일 뿐이다.

풀지 않은 오해는 아무리 시간이 오래 흘러도 여전히 풀리지 않은 채로 그 자리에 멈추어 있다.

결국 그 오해를 풀기 위해서는 서로 만나서 얼굴을 맞대는 방법밖에는 없다.

그리고 그걸 위해서 필요한 것이 대화다.

지금도 마찬가지다.

대체 무슨 얘기를 하는 걸까?

어딘가 서먹서먹했던 분위기.

그래서 처음 입을 뗄 때만 해도 잔뜩 얼어붙어 있던 검마 노인의 얼굴은 어느새 편안하게 변해 있었다.

벌써 해묵은 오해 따위는 모두 풀려 버린 사람들처럼.

그들이 다정한 모습으로 어디론가 움직이는 것을 웃으며 바라보던 사무진이 황보진명에게로 걸음을 옮겼다.

원래는 검마 노인이 해야 할 이야기였다.

그렇지만 오늘 같은 날은 대신해 준다고 해도 나쁠 것 같지 않았다.

이미 뇌옥 생활을 통해 쇠약해질 대로 쇠약해진 상황에서 조금 전 대결을 할 때 진원진기까지 끌어 쓴 탓일까.

황보진명은 얼핏 보아도 정상이 아니었다.

하지만 그는 사무진이 다가오는 것을 보고서 억지로 몸을 일으켰다.

"우리 처음 보죠?"

복잡한 눈빛.

대체 무슨 말로 어떻게 시작해야 할까에 대해 고민하는 것처럼 보이던 황보진명이 사무진의 말을 듣고서 희미하게 웃음을 지었다.

"그렇군."

"원래는 내가 할 얘기가 아닌데. 우리 검마 노인이 늦바람이 나는 바람에 제가 대신 해야 될 것 같네요."

"그런가? 자네에 대한… 소문은 들었네."

"벌써 여기까지 소문이 났어요? 아, 이 식을 줄 모르는 인기!"

"인사가 늦었네. 큰 빚을 졌군."

"뭐, 겸사겸사했던 일이니까 너무 그렇게 부담 가지지 말아요."

황보진명이 억지로 일어나 포권을 취했다. 하지만 사무진은 손사래를 치며 그럴 것 없다고 대꾸했다.

그 모습을 확인한 황보진명의 두 눈에 이채가 스치고 지나갔다.

"마교의 교주는… 소문대로로군."

"어떤 소문인데요?"

"가벼운 듯 보이나… 그게 전부가 아니라는 이야기. 적어도 거짓을 말하지는 않는 솔직한 자라는 소문이 돌더군."

"그거 칭찬이 아닌 것 같은데……."

"……?"

"이래 봬도 음모와 귀계의 상징이라고 할 수 있는 마교의 교주인데 솔직하다는 것은 좀 문제가 있는 것 같거든요."

"하핫. 쿨럭."

황보진명이 웃음을 터뜨리다 기침을 토해냈다.

한 움큼의 검붉은 선혈을 토해내고 인상을 쓰고 있는 황보진명을 바라보던 사무진이 입을 뗐다.

"억울하지 않아요?"

"물론 억울하네. 내 몸이 회복되는 대로 사도맹, 그 비열한 놈들에게 대가를 치르게 할 생각이네."

"어떻게요?"

"그야… 지금부터 그 방법에 대해서 생각해 봐야겠지."

황보진명이 조금은 가라앉은 목소리로 대답했다.

아무리 분한 마음이 강해서 복수하고 싶어도 사도맹은 결코 만만한 단체가 아니었다.

마음만 앞서서 섣불리 움직이다가는 오히려 황보세가가 큰 위험에 처할 가능성이 더욱 크다는 것을 황보진명은 알고 있었다.

"쉽지 않을 거예요."

"각오하고 있네."

"그래서 말인데요."

"……?"

"그 방법 내가 알려줄까요?"

별것 아니라는 듯이 사무진이 꺼낸 말을 듣고서 황보진명이 눈을 크게 떴다.

처음에는 그저 가볍게 꺼내는 농담인가 했지만 사무진의 진지한 표정을 보고 그가 목소리를 낮추었다.

"묘안이 있다면 말해주게."

"이게 기가 막힌 묘안이기는 한데… 내키지 않을지도 몰라요."

"이유가 뭔가?"

"마교와 손을 잡아야 하는 거거든요."

예상치 못한 이야기.

그래서 황보진명의 눈빛이 무겁게 가라앉았다.

'마교와 손을 잡아야 한다?'

예전이었다면 꿈에서조차도 생각해 보지 않았을 제안이었다.

그런데 이상하게 마음이 기울었다.

가장 큰 이유는 이번에 마교의 도움으로 자신이 다시 세가주 자리로 복귀하게 된 것 때문이었다.

하지만 꼭 그것 때문만은 아니었다.

착한 마교, 정정당당한 마교 등등.

우연히 그런 이야기들을 들었을 때는 믿지 않았다.

좀 더 솔직히 말하면 코웃음을 쳤다.

하지만 이곳에서 사무진이라는 마교의 교주를 직접 만나고 나서 생각이 조금씩 변하고 있었다.

단체란 그곳을 이끌어가는 자의 성품에 따라 변하는 법.

아직 사무진이라는 사내에 대해 많이 아는 것은 아니기에 착한 마교나 정정당당한 마교라는 말을 믿는 것은 아니었다.

하지만 적어도 뒤통수를 칠 것 같지는 않았다.

그리고 비열한 사도맹 놈들보다도 훨씬 나아 보였고.

"살다 보면 예기치 않은 일들이 생기는 법이지."

"예를 들면요?"

"마교와 손을 잡는 것처럼."

황보진명이 희미한 웃음을 머금은 채 입을 뗐다.

사무진도 마주 보며 히죽 웃었다.

"그럼 그 방법에 대해서 말해주게."

"그렇게 어렵지는 않아요. 일단은 몸을 회복하는 데 주력해요."

"몸을 회복하는 데 주력하라?"

"그리고 일단은 가짜로 살아요."

사무진의 말을 듣던 황보진명이 알아들은 듯 고개를 끄덕였다.

第三章

혈강시

荷蘸乳蒸煎棄陽細賜芙福佑承于王

至大改元四月佛浴道吉廣爲傳行

日弟子趙孟頫敬書長庭前

老君演此真妙徑竟

황보진명은 생각보다 말이 잘 통하는 자였다.

사무진이 하려는 말의 요지를 금세 파악하고 그리하기로 약조했다.

그리고 그가 운기조식에 들어가는 것을 확인하고서 신형을 돌린 사무진의 귓가로 심 노인의 웃음 소리가 들려왔다.

"하핫, 뭘 이 정도를 가지고."

아까 다 죽어가던 표정은 더 이상 없었다.

심 노인의 주름진 얼굴에는 환한 웃음꽃이 피어 있었다.

조금 전까지 사무진의 옆구리를 찔러대던 검을 손에 든 채로 이리저리 돌아다니던 심 노인은 마침내 자신을 알아봐 주는 이들 앞에서 큰소리를 치고 있었다.

그 모습이 너무 즐거워 보여 사무진은 차마 끼어들지 못하고 대체 무슨 얘기를 하는지를 듣기 위해서 귀를 기울였다.

"그러니까 별호가?"

"큼, 구두쇠라네."

"아, 네."

"그럼 존성대명은?"

"존성대명은 무슨, 나 심두홍일세."

황보세가 무인들의 얼굴에 떠오른 당혹스런 표정.

구두쇠라는 황당하기 그지없는 별호를 전혀 거리낌없이 내뱉고 있는 심 노인을 보며 농담인지 진담인지조차 파악하지 못하고 당황스러움을 감추지 못하고 있었다.

하지만 심 노인은 그들의 표정을 오해하고 있었다.

자신의 별호와 이름을 듣고서 놀란 것으로.

"너무 놀라지들 말게."

"……."

"하긴 마교의 칠마존을 자주 볼 수 있는 것은 아니지. 평생한 번 만나보지 못하고 죽는 사람들도 한둘이 아닐 테니."

"네? 네, 그렇습니다."

"그에 비하면 자네들은 행운아들이로군."

눈치를 살피던 황보세가의 무인들이 엉겁결에 고개를 끄덕여 수긍했다.

비록 구두쇠라는 해괴망측한 별호도 처음 들어보았고, 심두홍이라는 이름도 처음 들어보았지만 눈앞의 심 노인은 황보세가를 큰 위기에서 구해준 분이었다.

아니, 좀 더 정확히 말한다면 황보세가를 위기에서 구해준 장본인들과 함께 온 사람이었기에 함부로 대할 수 없는 것은 마찬가지였다.

"그런데 마교의 칠마존이시라면 지금 현재 마교의 장로 직책을 맡고 계신 겁니까?"

그래서 황보세가의 무인들 중 하나가 조심스레 질문하자 심 노인이 짐짓 엄숙한 표정을 지은 채 대꾸했다.

"그야 이를 말인가."

"아!"

"자네들이 촌구석에 있어서 잘 모르나 본데 구두쇠 심두홍이라는 이름만 들어도 울던 아이가 울음을 그치고 산천초목이 벌벌 떤다네."

"아, 예."

"그뿐인가?"

황보세가의 무인들이 반신반의하며 맞장구를 쳐주자 심 노인은 흥이 났다.

"이건 비밀인데……."

"……?"

"마교의 교주도 될 뻔했었다네."

"정말… 이십니까?"

"어허, 아무리 내가 마교의 칠마존 중 일인이라고 해도 그렇게 어려워들 말라니까. 그리고 이것 받게."

흥에 겨워서 너털웃음을 터뜨리고 있던 심 노인이 품속을 뒤진 후 뭔가를 꺼내 앞으로 내밀었다.

그리고 그것을 확인한 황보세가의 무인들이 놀란 표정을 지었다.

"이건?"

"숟가락일세."

"이걸 왜 저희에게 주시는 겁니까?"

"뭐, 특별한 뜻은 없네. 내가 자네들에게 주는 마음의 증표라고 생각하게."

"……?"

"그리고 이것 역시 비밀인데… 놀라지들 말게. 이건 보통 숟가락이 아닐세. 신병이기 숟가락이라네."

황보세가 무인들의 귓가에 대고 마치 엄청난 비밀이라도 되는 양 속닥거리며 사기를 치고 있는 심 노인을 바라보던 사무진이 더는 참지 못하고 곁으로 다가갔다.

"요즘 잘 나가네요."

"교주님, 오셨습니까?"

갑작스런 사무진의 등장에 놀랄 만도 한데 심 노인은 전혀 동요하지 않았다.

역시 뻔뻔하다는 생각을 하면서 사무진이 입을 뗐다.

"내 독문병기를 아무한테나 줘도 돼요?"

심 노인의 손에 들려 있는 윤이 반지르르 흐르는 숟가락.

어느새 황보세가 무인의 손으로 넘어간 숟가락을 바라보며 사무진이 못마땅하단 표정을 짓자 심 노인이 소리쳤다.

"죽을죄를 지었습니다."

"뭐, 죽을죄까지는 아니고."

"아닙니다. 감히 교주님의 독문병기를 허락도 없이 건네주려고 했는데 어찌 큰 죄가 아니겠습니까?"

"그렇지 않아도 요즘 내 독문병기인 신병이기 숟가락들이 조금씩 줄어드는 것 같아서 이상하다고 생각하고 있었는데……."

"당장 회수하겠습니다."

심 노인이 조금 전에 건넸던 숟가락을 다시 빼앗으려는 것을 확인한 사무진이 히죽 웃으며 만류했다.

"됐어요. 치사하게 줬던 것을 다시 빼앗으려고 그래요?"

"하지만 이건 신병이기 숟가락이니……."

뭔가 말하려는 심 노인을 도중에 멈추게 한 후 사무진이 신병이기 숟가락을 들고 있는 황보세가 무인을 향해 말했다.

"소중하게 간직해요."

"네? 네."

"마교의 칠마존이 주는 선물을 받을 수 있는 영광은 자주 있는 것이 아니니까. 나중에 자랑해요."

"아."

"아예 가보로 간직하는 것도 괜찮겠네요."

아까 저녁을 먹다가 심 노인이 몰래 챙겨온 평범한 숟가락을 소중하게 움켜쥐고 있는 황보세가의 무인을 히죽 웃으며 바라보던 사무진이 심 노인과 함께 걸음을 옮기며 넌지시 입을 뗐다.

"슬슬 갈까요?"

"벌써 가시려는 겁니까?"

"왜요, 여기가 마음에 들어요?"

"꼭 그런 것은 아니지만 아직 검마 어르신께서도 오시지 않으셨고, 밤도 깊은데다가 날씨도 별로인 것 같은데……."

아무래도 심 노인은 자신의 진가를 알아주는 이들이 많은 황보세가가 마음에 쏙 든 듯 보였다. 그래서 주저리주저리 변명을 늘어놓고 있는 심 노인을 보며 실소를 터뜨린 사무진이 슬그머니 말했다.

"안 올지도 몰라요."

"누가 안 온다는 말씀입니까?"

"검마 노인요."

"왜입니까?"

깜짝 놀란 표정을 짓고 있는 심 노인을 향해 사무진이 대답했다.

"심 노인은 모를 거예요."

"네?"

"사랑 같은 건 안 해봤잖아요."

"그게 무슨 말씀이십니까?"

"해봤어요?"

"물론입니다. 저도 소싯적에는……."

"소싯적에는 어땠는데요?"

"그야……."

"솔직히 말해요. 자꾸 없는 말 지어내지 말고요."

"저를 만나기 위해서 여인들이 줄을 섰었습니다. 그 줄이 얼마나 길었는지 일렬로 세우면 약 십 리는 되었습니다."

"없는 말 지어내지 말라니까요."

"물론입니다."

"돈 빌리러 왔던 거 아니에요?"

"네?"

"내가 벌써 다 알아봤어요. 예전에 악덕 사채업자였다던 소문도 있던데요."

"큼. 큼. 그건 어떻게 아셨습니까?"

"교주는 모르는 것이 없다니까요."

"……."

"부끄러워요?"

"뭐, 꼭 부끄럽다기보다는……."

"괜찮아요. 없는 말 지어낸 적이 한두 번도 아닌데."

"……."

"얼른 마교로 돌아가기나 해요."

마음이 상한 듯 입을 꾹 다물고 따르고 있는 심 노인을 보며 사무진이 히죽 웃음을 지었다.

*   *   *

호중천의 입매가 비틀렸다.

기분이 좋지 않을 때마다 그가 짓는 미소.

"마지막 기회다."

무심한 눈빛으로 바라보고 있던 아버지에게서 등을 돌리

던 순간, 아버지가 꺼내던 목소리가 아직도 귓가를 맴돌고 있었다.

온몸의 솜털이 절로 곤두설 정도로 차가운 목소리.

그렇지만 호중천은 코웃음을 쳤다.

'과연 마지막일까?'

절대 아니었다.

냉혈한.

웃는 얼굴로 등 뒤에 비수를 꽂는 자.

눈앞에서 자식이 죽더라도 표정 하나 변하지 않을 자 등등.

아버지에 대해 사람들이 뒤에서 수군거리는 것은 그도 귀가 있으니 듣지 못했을 리가 없었다.

그러나 그건 어디까지나 소문에 불과했다.

그리고 소문은 원래 부풀려지는 법이었다.

호중천은 바로 곁에서 지켜보았기에, 또 자식이기에 알았다.

아버지도 피가 뜨거운 인간이라는 사실을.

당연히 핏줄이 당길 수밖에 없는 인간이라는 사실을.

"육마존이 그리 무서운 자들입니까?"

여전히 비틀린 웃음을 거두지 않은 채 호중천이 입을 뗐다.

"직접 만나지 않았어?"

그리고 돌아온 대답을 듣고서 호중천이 눈살을 찌푸렸다.

끈적끈적한 목소리.

붉은 혓바닥을 살짝 내밀어 입술을 훑으며 꺼내는 사연랑의 교태 섞인 목소리는 아무리 오래 겪어도 익숙해지지 않았다.

본인은 교태를 부린다고 생각하는지 몰라도 충동을 불러일으킬 뿐이었다.

일검에 목을 베어버리고 싶게 만드는.

하지만 호중천은 참았다.

혈랑여희 사연랑은 그가 함부로 대할 수 있는 자가 아니었다.

더구나 그의 실력으로 목을 베어내는 것도 무리였고.

"워낙 잠깐이었기에 제대로 파악할 시간도 없었습니다."

"어머, 그랬어?"

사연랑의 손길이 어깨에 닿았다.

이미 일흔에 가까운 나이.

하지만 사연랑에게만은 세월의 흐름이 비껴가는 듯했다.

주름이라고는 한 점도 찾아볼 수 없는 하얀 손이 어깨를 타고 건너와 목덜미를 간질이며 스쳐 지나갔다.

'역겨워!'

섬섬옥수라 불러도 손색이 없을 정도로 곱고 하얀 손이었지만, 호중천은 그 손이 닿는 순간 메스꺼움을 느꼈다.

차라리 여인이었다면 이렇게 역겹지도 않을 터였다.

혈랑여희 사연랑의 성별은 남자.

그러나 그는 여자가 되고 싶어했다.

세월의 흐름은 용케 비껴갈 수 있었지만 하늘이 내려준 타고난 성을 바꿀 수는 없는 법.

아무리 화장을 짙게 한다 해도 턱밑에 자라나고 있는 거뭇한 수염까지 감추지 못했고, 여자처럼 붉은 궁장을 했다 해도 오히려 눈살이 찌푸려질 뿐이었다.

절로 얼굴이 찌푸려져 마주하는 것조차 곤욕스러웠지만 누구도 그의 앞에서 내색을 할 수는 없었다.

그 이유는 사연랑이 고수이기 때문이었다.

사도맹 서열 삼위.

긴 머리를 양갈래로 땋고 앙증맞은 표정을 짓고 있을 때는 아직 철부지 소녀처럼 보이는 사연랑이었지만 그 외모만 보고 경시할 수 있는 자는 없었다.

그의 앞에서 노골적으로 불쾌한 내색을 할 수 있는 자는 사도맹주를 제외하고는 아무도 없다고 봐도 무방했다.

그리고 그것은 호중천도 마찬가지였다.

내키지 않더라도 지금은 사연랑과 척을 져서는 안 되었다.

좀 더 시간이 흘러 사도맹주 자리를 자신이 차지했을 때는 상황이 달라지겠지만, 지금은 아니었다.

"슬쩍 살핀 것으로는 대단한 고수처럼 보였습니다."

호중천이 애써 웃으며 입을 뗐다.

"하긴 소문은 들었어. 일공자가 수하들을 이끌고 찾아갔다가 육마존을 보고 놀라서 오줌을 찔끔 흘리고 혼자 꽁무니를 뺐다고 그러던데."

그러나 금세 표정이 일그러졌다.

사연랑의 목소리는 가뜩이나 듣기 거북할 뿐 아니라, 사람의 신경을 거슬리게 만드는 재주가 있었다.

그래서 호중천이 입을 다물고 있자 사연랑이 다시 입을 뗐다.

"어머, 일공자 화 났어?"

"……."

"내가 잘못했어. 그러니까 이만 화 풀어."

'인간이 아닌 요물!'

딴에는 유혹이라도 하려는 걸까.

파란색으로 짙게 눈화장을 한 왼쪽 눈을 찡긋하면서 몸을 비꼬고 있는 사연랑을 보며 호중천은 눈살을 찌푸리지 않기 위해 안간힘을 썼다.

"나, 일공자가 원하는 게 뭔지 알아. 그 죽지도 않는 늙은이들이 강하기는 하지만 내가 다 죽여서 일공자가 원하는 자리로 만들어줄 테니까 계속 그렇게 날 미워하면 안 돼. 깔깔깔."

'내가 사도맹을 장악하면 가장 먼저 너부터 제거하마!'

귓가를 거슬리게 만드는 웃음 소리를 들으며 호중천이 애써 웃음을 지었다.

"그래 주신다면 저야 더 바랄 것이 없지요."

그리고 그 말을 던지는 호중천의 시선은 사연랑의 얼굴을 향하고 있었지만, 그가 떠올리는 것은 서옥령의 얼굴이었다.

비에 흠뻑 젖은 참새처럼 전신을 바르르 떨고 있던 서옥령의 모습은 그로부터 꽤나 시간이 흐른 지금까지도 기억 속에 생생했다.

당장에라도 떨고 있는 몸둥이를 부둥켜안고 입을 맞추고 싶었다.

그리고 온전히 자신의 것으로 만들고 싶었다.

참기 힘든 욕정.

"어머, 일공자. 지금 날 원하는 거야?"

호중천은 사연랑의 목소리를 듣고서 상념에서 깨어났다.

코앞으로 얼굴을 들이밀고서 생긋 웃고 있는 사연랑을 확인하고 급히 뒤로 고개를 젖히며 대답했다.

"오해이십니다."

"그래? 이거 무척이나 아쉬운데. 원한다면 말해. 일공자와의 뜨거운 밤이라면 언제라도 환영이니까. 깔깔깔."

더 이상 사연랑의 얼굴을 마주하고 싶지 않은 호중천은 눈을 감았다.

그리고 그런 그의 입가로 차가운 웃음이 스치고 지나갔다.

하원효와 전격은 육마존을 감당하지 못하고 죽었지만 사연랑이라면 다를 것이라는 확신이 들었다.

게다가 그가 이번에 이끌고 가는 것은 다름 아닌 백사단.

강호제패를 꿈꾸기 위해 아버지가 오랜 시간 공들여 준비했던 백 명의 살인 병기가 바로 백사단이었다.

'실패할 리가 없어.'

실패란 생각할 수 없었다.

더구나 그곳을 향해 서옥령까지 오고 있다고 했다.

'사도맹과 서옥령. 두 가지를 한꺼번에 갖는다.'

호중천이 득의만만한 표정을 지었다.

그리고 그런 그를 바라보는 사연랑의 입가에도 차가운 미소가 스치고 지나갔다.

*　　　*　　　*

떠날 때만 해도 일곱이었던 일행.

하지만 마교로 돌아가는 지금은 일행이 다섯으로 줄어들

어 있었다.

사무진의 예상처럼 검마 노인은 황보세가에 남았다.

검마 노인에게 돌아오지 않아도 된다고 허락했던 것이 사무진이었으니 잘못된 것은 없었다.

그러나 서운함은 남았다.

검마 노인은 코빼기도 보이지 않았다.

정작 몸이 불편한 황보진명까지도 수하들의 부축을 받아가며 떠나는 일행을 배웅했는데, 검마 노인은 사랑 놀음에 푹 빠졌는지 배웅도 나오지 않았다.

늘그막에 찾아온 사랑이 더 뜨겁다는 말은 빈말이 아니었다.

그리고 유가연도 황보세가에 남겠다고 고집을 부렸다.

아무래도 사무진과 다투고 난 후 단단히 심술이 난 듯, 마교로 돌아가는 대신 무림맹으로 돌아갈 요량인 듯 보였다.

물론 사무진도 굳이 붙잡지 않았다.

'오기 싫으면 오지 마!' 라는 말을 퉁명스레 던질 때, 표독스레 째려보던 유가연의 눈빛을 떠올리니 왠지 등줄기로 섬뜩한 한기가 스치고 지나갔지만 사무진은 고개를 흔들어 그 눈빛을 지워 버렸다.

"내겐 아미성녀님이 있잖아."

자신도 모르게 중얼거리다가 화들짝 놀랐다.

세상에 이런 말도 안 되는 이야기를 꺼내다니.

정신이 나간 것이 틀림없었다.

슬쩍 눈치를 살피니 다행히 아미성녀는 아무것도 듣지 못한 듯했다.

찰싹.

정신을 차리기 위해 스스로 뺨을 때린 사무진이 일행이 줄어서 적적하다는 생각을 하며 걸음을 옮기다가 눈을 비볐다.

"어라?"

길의 한가운데.

긴 그림자가 드리워져 있었다.

그 긴 그림자의 주인은 검마 노인이었다.

처음에는 잘못 본 게 아닐까 생각했다.

그렇지만 사무진의 시선을 확인하고 겸연쩍은 듯 머리를 긁적이고 있는 것은 틀림없이 검마 노인이었다.

의외라는 눈초리로 바라보다 사무진이 앞으로 다가갔다.

"검마 노인, 맞죠?"

"벌써 날 잊은 것이냐?"

"그건 아닌데. 여기서 만날 것이라고는 예상하지 못했거든요. 첫사랑을 다시 만나 마지막 불꽃을 태우고 있는 줄 알았죠."

"……"

"불꽃이 벌써 식었어요?"

"크흠!"

"불꽃을 피워보기는 했어요?"

검마 노인은 헛기침만 할 뿐 아무 대답이 없었다.

"왜 돌아왔어요?"

"오해를 푼 것으로 충분하다."

"정말요?"

"……"

쿡. 쿡.

영 미심쩍은 표정으로 애꿎은 땅바닥만 발로 차고 있는 검마 노인을 바라보던 사무진이 다시 물었다.

"솔직히 말해봐요. 차였죠?"

"그런 게 아니다."

"맞는 것 같은데."

"첫사랑은 이루어지지 않을 때 더 아름다운 법이다."

조금은 가라앉은 검마 노인의 목소리.

그 대답을 들으며 사무진이 히죽 웃었다.

왠지 귀에 익은 말이었다.

그리고 한참 만에야 깨달았다.

검마 노인이 방금 꺼낸 말은 일춘이 녀석이 술에 취했을 때마다 꺼내던 이야기와 토시 하나 틀리지 않다는 것을.

갑자기 일춘이 녀석이 보고 싶다는 생각을 하며 사무진이 질문했다.

"많이 변했죠? 마치 내가 알던 사람이 아닌 것처럼."

"그래."

"나도 그랬어요. 난 그대로인데 그 사람은 너무 많이 변해 버려서 괜히 서운하고 또 어색하더라구요."

"그런 것 같더구나."

검마 노인과 사무진이 동시에 쓴웃음을 지었다.

같은 경험을 통해 비슷한 감정을 느꼈기에 지을 수 있는 미소였다.

"처음에는 그게 무척 섭섭했는데… 내가 잘못 생각한 것 같아요."

"뭘 말이냐?"

"변한 것은 그 사람만이 아니었어요."

"……"

"나도 많이 변했더라구요."

사무진의 이야기를 듣던 검마 노인이 동의한다는 듯 고개를 끄덕였다.

그리고 그런 검마 노인이 눈살을 찌푸렸다.

"어머, 서 공자님은 역시 멋져요."

"뭘, 이 정도를 가지고……."

"이 정도라니요. 서 공자님이 무공을 펼치는 뒷모습을 보다가 그만 나도 모르게 눈물을 흘려 버리고 말았답니다."

"아니, 대체 왜 그랬소?"

"감동스러워서."

"앞으로는 그러지 마시오. 보석처럼 영롱한 눈망울에서 눈물을 흘리는 모습을 나는 절대 볼 수 없소."

"어머, 몰라요."

분위기 파악을 전혀 하지 못하고 서문유의 품에 안긴 채 정소소가 앵앵거리는 소리가 들려왔다.

검마 노인이 노려보고 있다는 것도 눈치채지 못하고 사랑놀음에 빠져 있는 두 사람을 보던 사무진이 입을 뗐다.

"아주 지랄을 하네요."

"그렇구나."

"어떻게 할까요?"

"죽일까?"

"그래도 죽이는 건 좀……."

"이천 명을 죽이나 이천한 명을 죽이나 크게 달라질 것은 없다."

"그건 그렇네요."

스산한 목소리.

평소였다면 서문유와 정소소가 아무리 닭살 맞은 애정 행
각을 벌인다 하더라도 신경 쓰지 않는 검마 노인이었다.

하지만 지금은 때가 좋지 않았다.

심사가 비틀릴 만큼 비틀린 검마 노인은 노골적으로 살기
를 드러내다가 갑자기 표정을 굳혔다.

그리고 그것은 사무진도 마찬가지였다.

"이건 익숙한 기운인데요."

"생과 사가 뒤섞인 기운. 살지도 죽지도 않은 자."

"강시네요."

사무진의 말에 고개를 끄덕이던 검마 노인이 고개를 돌렸
다.

강시가 다가오고 있다는 것도 느끼지 못한 걸까.

여전히 둘만의 사랑 놀음에 빠져 있는 서문유와 정소소를
힐끗 살핀 검마 노인이 무뚝뚝한 표정으로 제안했다.

"나서지 말까?"

"그럴까요?"

그리고 사무진도 그 제안에 동조했다.

"꼭 내 손을 더럽힐 필요는 없지."

"혹시 저것들이 강시를 이기지는 않겠죠?"

"제놈들이 무슨 수로?"

"글쎄요. 그래도 혹시 모르잖아요."

"……?"

"사랑의 힘 같은 것도 있으니까요."

"아마 힘들 게다. 아무래도 일반 강시가 아닌 것 같으니까."

검마 노인의 목소리는 어느새 잔뜩 굳어져 있었다.

날씨가 좋았다.

꾀꼬리 같은 정소소의 목소리가 부드럽게 귓가를 간질이자 마치 세상을 모두 얻은 것만 같았다.

그래서 평소에 다른 이가 꺼냈다면 눈살을 찌푸리고도 남았을 느끼한 말들을 꺼내면서도 서문유는 자각하지 못했다.

아름다운 정소소의 얼굴 외에는 아무것도 보이지 않았고, 그녀의 목소리 외에는 들리는 것이 없었다.

그렇게 얼마나 흘렀을까.

그녀가 꺼내는 시시껄렁한 농담을 듣고서 함박 웃음을 짓고 있던 서문유의 표정이 굳어졌다.

느낌이 이상했다.

위험이 다가온다는 느낌.

본능이 속삭이고 있었다.

그것도 엄청나게 위험한 존재가 다가온다는 본능의 속삭

임을 깨닫자마자 서문유는 일단 나란히 걸어가던 정소소의
앞을 가로막았다.

스르릉.

지체하지 않고 검을 빼 들고 앞을 가로막는 서문유를 확인
하고서 정소소가 놀란 표정을 지었다.

"서 공자, 왜 그러세요?"

"아무래도 위험한 자가 다가오는 것 같습니다……."

"위험이라니요? 황보세가에서 어려움을 겪은 지 불과 며칠
도 지나지 않았는데 또 무슨 일이 생긴 건가요?"

"우리를 노리는 것 같지는 않습니다."

"그럼요?"

"아무래도 우리가 마교의 인물들과 함께 다니다 보니 이런
곤란한 상황에 자주 처하는 것 같습니다."

서문유의 분석을 듣던 정소소가 고운 아미를 찌푸렸다.

"그럼 서 공자님은 이번 싸움에 나서지 마세요. 마교 때문
에 생긴 일이니 그들이 책임지라고 하세요."

"나도 그러고 싶습니다."

"그런데요?"

"보다시피 아무도 없습니다."

서문유가 난감한 표정을 지은 채 대답했다. 그제야 주위를
살핀 정소소가 깜짝 놀라 되물었다.

"다 어디로 갔을까요?"

"나도 궁금해하고 있답니다."

"……?"

"아무래도 우리가 함께 걸으면서 사랑의 밀어를 속삭이는 도중에 어디론가 사라진 것 같습니다."

"나쁜 사람들. 그럼 우리도 어서 피해요."

"안타깝게도 그러기에는 이미 늦은 것 같습니다."

어느새 눈앞에 모습을 드러낸 고루신마를 확인하고서 서문유가 검병을 움켜쥔 오른손에 힘을 더했다.

고루신마는 서문유도 이미 한 번 만난 적이 있었다.

그래서 그가 이끌고 다니는 강시가 얼마나 무서운지도 알고 있었다.

그나마 다행인 것은 이전과 달리 이번에 고루신마가 끌고 온 강시가 단 한 구뿐이라는 점이었다.

고루신마를 바라보던 서문유가 고개를 돌려 그의 곁에 서 있는 강시를 살폈다.

그런 서문유가 미간을 찌푸렸다.

뭐랄까.

분위기가 달랐다.

이전에 고루신마가 이끌고 왔던 강시들과 지금 무표정한 얼굴로 그의 곁을 지키고 있는 강시는 느낌이 달랐다.

'과연 강시가 맞기는 한 것인가?'

전에 고루신마가 끌고 왔던 강시는 생기가 전혀 느껴지지 않았다.

하지만 지금 그의 곁에 서 있는 강시는 생기와 사기가 공존하는 묘한 분위기를 풍겨 서문유의 신경을 자극하고 있었다.

'위험해!'

본능을 자극하고 있는 불쾌한 느낌에 서문유는 강시에게서 눈을 뗄 수가 없었다.

잠시라도 눈을 떼면 금세 다가와서 치명적인 살초를 뿌릴 듯한 느낌.

"사무진은 어디에 있느냐?"

무표정한 사내에게 서문유가 신경을 쏟고 있는 사이, 고루신마의 거친 목소리가 흘러나왔다.

"모르오."

여전히 사내에게서 시선을 떼지 않은 채 서문유가 대답하자 고루신마의 얼굴에 노기가 떠올랐다.

"몰라?"

"모르니 모른다고 대답하는 거잖소."

"흥. 그놈을 감싸기 위해서 거짓말을 하는가 본데……."

"그건 절대 아니오."

"……?"

"지금 뭔가 큰 착각을 하고 있는가 본데 난 위험을 무릅쓰고 감싸줄 만큼 그놈을 좋아하지는 않소."

서문유가 솔직하게 말했다.

하지만 고루신마는 여전히 그 말을 순순히 믿는 기색이 아니었다.

"날 바보로 아느냐? 네놈이 사무진 그놈과 함께 있는 것을 이미 목격한 적이 있거늘 그딴 거짓말로 속이려 하지 말거라."

"오해라고 했잖소."

"흥, 그 말을 믿으란 말이냐?"

"……."

"하긴 어차피 상관없지. 그놈과 관련이 있는 놈은 다 죽일 생각이었으니까."

고루신마의 두 눈에 살기가 어렸다.

"이 연놈들을 죽여라!"

고루신마가 지체하지 않고 명령을 내리자 무표정한 얼굴로 서 있던 사내가 번쩍 눈을 떴다.

"어머, 저 사람 눈이 토끼처럼 빨개요. 며칠 동안 잠을 못 잤나 봐요."

피처럼 붉은 사내의 두 눈을 확인하고서 정소소가 호들갑을 떨었지만 서문유는 고개를 흔들었다.

"그건 아닌 것 같습니다."

"왜요?"

"강시는 원래 잠을 자지 않습니다."

"그럼 사람이 아니라 강시?"

정소소가 가뜩이나 큰 눈을 더욱 크게 떴다.

그리고 고개를 갸웃거리며 입을 뗐다.

"하지만 꼭 사람 같은데요. 아까 걸어오는 모습을 봐도 뻣뻣하다는 느낌이 전혀 들지 않던데요."

"그래서 저도 긴가민가했습니다."

"……."

"제 생각이 틀렸다면 좋겠지만 만약 그렇지 않다면… 우리는 아주 큰 위험에 직면한 것 같습니다."

서문유의 목소리가 낮게 가라앉았다.

그제야 상황이 심상치 않음을 깨달은 정소소가 얼굴을 굳힐 때, 피처럼 붉은 두 눈으로 두 사람을 응시하던 사내가 움직였다.

흔들.

슬쩍 어깨가 흔들린다는 느낌을 받았을 때, 사내의 신형은 어느새 서문유의 코앞으로 다가와 있었다.

마치 두 사람 사이의 거리 따위는 원래 존재하지 않았다는 듯 지척까지 다가와 있는 사내의 움직임에 깜짝 놀란 서문유는 본능적으로 검을 쳐 올렸다.

이십 년에 가까운 시간 동안 단 하루도 빠뜨리지 않고 수련에 매진했던 서문유의 검이었기에 제대로 위력이 실린 검은 빗나가지 않았다.

퉁.

하지만 사내의 옆구리를 베고 지나갈 것이라 믿어 의심치 않았던 서문유의 검은 박히지도 않고 튕겨져 나왔다.

마치 철벽을 두드렸을 때와 비슷한 느낌을 받으며 서문유가 검을 쥔 손아귀에 전해지는 고통을 참기 위해 이를 악물 때였다.

스르륵.

활짝 편 사내의 오른손이 다가왔다.

그 손은 빠르지 않았다.

오히려 느릿하다고 하는 편이 옳을 정도였지만 도저히 피할 수가 없었다.

그리고 그 손이 가슴에 닿은 순간, 서문유는 머릿속이 하얗게 변했다.

쿨럭.

내부가 진탕되는 충격.

오장육부가 통째로 위치를 바꿔 버린 것이 아닐까 하는 정도의 극통이 뒤늦게 밀려오며 정신이 아득해졌다.

"서 공자! 어서 일어나요."

아무래도 잠깐 정신을 놓은 듯했다. 서문유가 다시 정신을 차린 것은 다급한 정소소의 목소리를 듣고서였다.

온몸에 힘이 하나도 없었다.

주먹을 움켜쥐려 했는데 그조차도 여의치 않을 정도로.

전신을 휘감고 있는 것은 지독한 무력감.

그대로 눈을 감고 잠에 빠져 버리고 싶었지만, 그렇게 할 수 없었던 이유는 정소소가 걱정이 되어서였다.

"내… 뒤에 숨으시오."

힘껏 숨을 들이켜 배에 힘을 주었다.

그리고 억지로 입을 뗐다.

하지만 간신히 눈을 뜨고서 아무리 고개를 돌려봐도 그녀가 어디 있는지조차 보이지 않았다.

그런 서문유는 곧 숨이 막혀옴을 느꼈다.

힘껏 숨을 들이켰다고 생각했는데 폐부로 들어오는 공기가 없었다.

그 이유는 머지않아 알 수 있었다.

눈물 범벅을 한 채로 안쓰럽게 바라보고 있는 정소소의 두 눈이 이상하게 낮은 곳에 있었다.

처음에는 정소소의 키가 줄어든 것이 아닐까 생각했는데

그건 착각이었다.

서문유의 신형이 반 자가량 허공에 떠올라 있었다.

사내의 손아귀에 목덜미가 잡힌 채로.

"사무… 진?"

피처럼 붉은 두 눈.

아무런 감정도 느껴지지 않는 사내의 두 눈을 코앞에 마주한 순간, 온몸의 힘이란 힘은 모조리 빠져나갔다.

문득 두려움이 찾아왔다.

무저갱처럼 한없이 가라앉은 사내와 시선을 마주하자 등줄기가 서늘해지며, 갑자기 요의가 찾아왔다.

참을 수 없을 정도의 요의였지만 서문유는 사력을 다해 참아냈다.

차라리 죽으면 죽었지 정소소의 앞에서 그런 추한 모습을 보일 수는 없었다.

남은 힘을 다해 억지로 입을 뗐다.

"아니… 야."

"……."

"그놈이… 아니라고."

"……?"

"내 이름은… 서문유야."

타닥.

목덜미를 움켜쥐고 있는 사내의 거친 손아귀의 힘이 순간 약해졌다.

그 순간을 놓치지 않고 서문유가 죽을힘을 다해 사내의 손을 후려쳐 간신히 사내의 손아귀에서 풀려났다.

"서… 문유?"

사내의 핏빛 두 눈이 일순 흔들렸다.

잠시 주춤하는 사내를 확인한 고루신마가 다시 소리쳤다.

"뭘 주저하느냐? 당장 저놈을 죽여라."

그리고 그 외침은 효과가 있었다.

흔들리고 있던 사내의 두 눈에서 흘러나오는 기운이 더욱 강렬해졌다.

그것을 확인하고서 정소소의 부축을 받으며 간신히 몸을 일으킨 서문유의 낯빛이 어두워질 때였다.

그그극.

어디선가 날아든 자운묵창.

핏빛 강기가 일렁이고 있는 자운묵창의 창두가 엄청난 속도로 다가와 사내의 가슴 부근으로 파고들었다.

그러나 창두에 어려 있던 강기로도 사내의 가슴은 꿰뚫리지 않았다.

창두에 의해 찢어진 옷자락 사이로 보이는 사내의 가슴에는 자그마한 생채기의 흔적조차 남아 있지 않았다.

고작 한 걸음 뒤로 물러난 것이 전부인 사내의 두 눈에서 흘러나오는 기광.

"하여간 유명해지고 나니 피곤해서 죽겠네. 저 사람 같지도 않은 것은 또 어떻게 내 이름을 알고 있는 거야?"

그리고 그때, 사무진이 영 못마땅하단 표정을 지은 채 걸어 나왔다.

第四章
정마대전

荷蕷乳蒸茄棗陽細賜芙福佑弟子王

至大改元四月佛浴道音廣為傳得

日弟子趙孟頫敬書長歷前弁

老君演此真妙徑竟

"너, 대체 어디로 사라졌었어?"

사무진을 확인한 서문유가 눈을 빛냈다.

그리고 삿대질을 하며 으르렁거렸지만 사무진은 눈도 꿈쩍하지 않았다.

"남 이사."

"이게 다 네놈 때문에 생긴 일이 아니냐? 그런데 지금 네놈이 내게 그렇게 무책임한 말을 하다니."

"아직 정신 못 차렸네."

"뭐야?"

"봐요. 그냥 죽게 놔두자니까요."

영 마땅찮은 표정으로 사무진이 뒤늦게 걸어나오는 검마 노인을 향해 말했다.

"불쌍해서."

"지금도 늦지 않았어요."

"그럼 저놈 죽을 때까지 기다릴까?"

"난 아까부터 그러자고 했어요."

"그럼 그러던가."

검마 노인이 무심한 표정으로 대답했다.

그러자 서문유의 얼굴에 다급한 표정이 떠올랐다.

"잠깐만 기다리시오."

서문유가 입을 떼며 애처로운 눈빛으로 검마 노인을 지그시 응시했지만, 전혀 소용이 없었다.

고집스러운 검마 노인의 눈빛을 확인하고 다른 방법이 없음을 깨달은 서문유가 결국 사무진을 향해 부탁했다.

"너 진짜 이럴 거야?"

"내가 뭘?"

"우리가 이런 사이가 아니잖아."

다급한 서문유의 목소리.

그러나 사무진의 대꾸는 여전히 시큰둥했다.

"우리가 어떤 사인데?"

"그야……."

서문유가 쉽게 대답하지 못하고 우물쭈물하자 그럴 줄 알았다는 듯이 피식 웃은 사무진이 입을 뗐다.

"딱 하나만 확실히 대답해. 그럼 도와줄게."

"내가 왜 그래야 하지?"

"뭐, 싫으면 둘이서 같이 사이좋게 죽던가. 저승에 가서도 아까처럼 달라붙어서 지랄을 떨면 되겠네."

울컥하며 소리를 지르던 서문유가 급히 입을 다물었다.

그런 그가 갈등하는 눈빛으로 정소소를 살폈다.

잔뜩 겁에 질려 있는 그녀의 모습을 확인한 후, 서문유는 지그시 입술을 깨문 채 입을 열었다.

"말해."

"죽기는 싫은가 보지?"

"빨리 말이나 해."

"좋아. 그럼 말하지."

"……?"

"내가 궁금한 것은 네가 마교에 머무는 이유야."

사무진이 얼굴에서 웃음을 지운 채 질문했다.

그리고 서문유가 별것 아니라는 듯이 대답했다.

"그건 전에도 말했을 텐데."

"날 좋아한다는 건 핑계잖아. 처음에는 그 말도 안 되는 핑계에 속았는데 이젠 아냐. 그거 말고 진짜 이유를 말해봐.”

“대체 뭘 근거로 그딴 말도 안 되는 추측을…….”

“네 아버지 때문인가?”

서문유가 입을 다물었다.

그리고 흔들리는 눈빛으로 노려보고 있는 서문유의 모습을 확인한 사무진이 고개를 끄덕였다.

“역시 그랬군.”

“…….”

대답을 들을 필요도 없다는 듯 한마디를 던진 사무진이 서문유의 곁을 스쳐 지나갔다.

그런 사무진을 바라보는 서문유의 얼굴에 당혹스런 빛이 스치고 지나갔다.

“어떻게 알았지?”

서문유가 무림맹 외당 당주인 서붕과 부자지간이라는 사실은 어느 누구에게도 알려지지 않은 사실.

그런데 사무진은 이미 눈치채고 있었다.

“그게 중요해?”

“물론이다.”

“어려운 것도 아닌데 대답해 주지. 닮았거든.”

“닮았다고?”

“그래. 그것도 무척이나 많이.”

서문유의 머릿속이 헝클어졌다.

단 한 번도 생각해 보지 않았다.

자신과 아버지가 닮았다는 것에 대해서는.

"그래도 핏줄인가?"

반쯤 넋이 나간 채 생각에 잠겨 있던 서문유는 자조 섞인 웃음을 흘리며 혼잣말을 중얼거렸다.

그런 그의 귓가로 사무진의 목소리가 파고들었다.

"이제 그만 마교에서 나가."

"왜지?"

"마교에 식객은 더 이상 필요하지 않아."

고개를 든 서문유의 눈에 보이는 사무진의 두 눈은 차갑게 가라앉아 있었다.

"배신자!"

고루신마의 두 눈이 흔들렸다.

반가운 인사 따위를 기대한 것은 아니었다.

어차피 오래전에 엇갈린 길로 걸어가 버린 사이였으니까.

하지만 검마가 처음으로 내뱉은 짤막한 한마디를 듣는 순간, 갑자기 화가 치밀어 오르는 것은 어쩔 수 없었다.

그는 마지막까지 마교의 교주였던 천중악의 곁을 지키려 했었다. 그리고 지금도 마지막 순간 천중악을 지키지 못한 후회에서 자유롭지 못했다.

평생의 숙원이었던 혈강시의 완성.

그 완성의 순간이 조금만 더 빨랐더라면 후회하며 이곳을 찾지는 않았을 텐데 하는 아쉬움이 다시 밀려왔다.

"난 저 녀석을 죽일 생각이야."

"가능할까?"

"충분해."

고루신마가 고개를 돌려 혈강시를 바라보았다.

그런 그의 눈에 깃든 감정은 자부심이었다.

평생을 걸쳐 이루려 했던 숙원.

그 숙원이 마침내 완성된 지금, 혈강시를 막을 수 있는 것은 없었다.

자신이 완성한 혈강시와 함께라면 독보강호도 가능할 것이라는 자신이 고루신마에게는 있었다.

"저까짓 강시를 믿고 그러는가?"

"함부로 말하지 마."

"……?"

"내가 만든 혈강시에 대해서는 어느 누구도 함부로 말하면 안 되네."

두 눈을 빛내며 고루신마가 꺼낸 이야기를 듣고서 검마의 두 눈에도 이채가 스치고 지나갔다.

비록 오래전 일이기는 하나 한때나마 한솥밥을 먹었던 자였다.

그래서 그가 혈강시의 완성을 얼마나 바랐는지도 알고 있었다.

속내를 털어놓지 않기에 확신할 수는 없지만 고루신마가 배신한 것도 혈강시 때문일지도 몰랐다.

그런 그가 마침내 혈강시를 완성했다고 자신있게 말하고 있었다.

슬쩍 시선을 돌려 이 대화에는 아무 관심이 없다는 듯 무표정한 얼굴로 서 있는 혈강시를 살핀 검마가 다시 질문했다.

"이제 만족하나?"

"그래."

"가족이라 생각했던 동료를 버리고, 전부라고 생각했던 마교까지 버려가며 얻은 것인데도 만족하는가?"

"그… 래."

"그랬군."

검마가 지그시 눈을 감았다.

그리고 다시 눈을 뜬 순간, 그는 신형을 날렸다.

"정녕 이딴 것에 만족한단 말인가?"

스르릉.

역린검의 검신이 모습을 드러냈다.

하얀 검신 위로 피어오르는 강기.

백색 강기로 덮인 역린검의 검신이 무표정한 얼굴로 서 있
던 혈강시의 가슴 위로 떨어져 내렸다.

그그극.

하지만 검마가 휘두른 역린검은 혈강시에게 아무런 상처
도 남기지 못했다.

"마지막이에요."

고루신마의 두 눈이 거센 격랑을 만난 것처럼 흔들렸다.

뜬금없이 흘러나온 한마디였지만 그는 사무진이 하려는
말이 무엇인지 깨달았다.

천중악이 죽었고, 창마 역시 죽었다.

진짜 마교.

아니, 이제는 사람들의 뇌리 속에서 완전히 잊혀 버린 예전
의 마교에서 남은 자가 자신이 마지막이라는 뜻이었다.

"돌아오지 않을래요?"

그리고 이어진 말을 듣고 고루신마의 두 눈은 더욱 격렬하
게 흔들렸다.

진심일까?

고루신마가 고개를 들어 사무진을 바라보았다.

그런 그는 이내 고개를 떨구었다.

겹쳤다.

태양을 등지고 서 있는 사무진의 모습과 자신의 기억 속에 남아 있던 천중악의 모습이 겹치며 더 이상 바라볼 수가 없었다.

그리고 화가 났다.

'왜 그 정도밖에 되지 않았는가?'

아쉬움.

'왜 그만한 능력을 가지고 있으면서도 그리 도망쳤던가?'

미련.

'당신 혼자의 잘못이 아니오. 내 책임도 적지 않소.'

그리고 후회.

복잡한 감정이 소용돌이쳤다.

자신을 바라보고 있는 사무진의 눈빛은 맑았다.

그리고 열정이 느껴졌다.

예전 천중악의 두 눈에서는 찾아볼 수 없었던 열정이.

'돌아가고 싶네.'

불쑥 이 말을 꺼낼 뻔했다.

하지만 억지로 그 말을 삼켰다.

동정이 담긴 시선이 싫어서가 아니었다.

혼자 남았다는 외로움이 무서워서도 아니었다.

지금 여기서 그마저 돌아선다면 천중악을 저승에서 마주

하더라도 면목이 없을 것만 같아서였다.

"돌아가기에는… 너무 멀리 와버렸네."

그래서 어렵게 입을 뗐다.

그리고 말을 마치자마자 천천히 고개를 든 고루신마의 눈에 환하게 웃고 있는 사무진이 보였다.

마치 그럴 줄 알았다는 듯이 웃고 있는 그를 보다 보니 갑자기 검마를 비롯한 동료들이 부러워졌다.

깊게 맺힌 원한.

천중악의 죽음을 전해 듣고서 끓어오르던 적개심과 분노가 거짓말처럼 스르르 풀리는 느낌이었다.

'이러면 안 되는데……'

약해지려는 마음을 다잡았다.

결국은 죽여야 할 자들이었다.

이들을 죽이기 위해 여기까지 온 것이 아니던가.

더구나 혈강시는 이들을 모두 죽이고도 남을 정도의 능력이 있었다.

"생채기도 못 내고, 너무 약해진 것 같은데요."

"몸 상태가 별로였다."

"그런 식상한 핑계를 꺼내다니. 잘 봐요. 교주는 다르다는 것을 보여주죠."

검마와 사무진이 마주 보며 웃는 것이 보였다.

그들이 바보가 아닌 이상, 지금 눈앞에 서 있는 혈강시가 얼마나 무서운지 모르지 않을 텐데 겁을 먹기는커녕 웃고 있었다.

그리고 검은색 창을 들고 달려들고 있었다.

그 모습을 확인하고 제령종을 흔들려다가 멈추었다.

천중악은 끝내 가지지 못했던 저 용기가 가상해서 한 번 놓아두기로 했다.

그그극.

묵창이 닿았지만 여전히 생채기조차 남아 있지 않은 것을 확인한 사무진이 히죽 웃는 것이 보였다.

"어라, 안 되네요."

그리고 멋쩍은 듯 덥수룩한 머리를 긁적이고 있는 사무진을 바라보던 고루신마가 제령종을 흔들었다.

*   *   *

유정생의 입가로 잔잔한 미소가 걸렸다.

눈엣가시 같던 모용중현과 풍천심이 죽고 나자 속이 다 시원했다.

게다가 이번 일을 겪으며 그는 중인들의 마음을 사로잡았다.

비록 본심은 아니었지만 미련없이 목숨을 던져 중인들의 목숨을 살리려 했던 모습에 그들은 완전히 속아 넘어간 것이 틀림없었다.

그동안 돈독이 올랐다느니, 치매에 걸린 게 틀림없다느니 하는 음해설들도 더 이상 들려오지 않았다.

아무래도 이번 일을 계기로 그 음해설들은 수면 아래로 완전히 가라앉은 듯 보였다.

뭐, 뇌물을 여러 곳에서 적지 않게 받아먹었고, 요즘 들어 자꾸만 중요한 사안들을 깜박깜박하는 것으로 봐서 완전히 없는 이야기는 아니었지만.

어쨌든 이젠 그런 이야기가 사라졌다는 것이 중요했다.

"좋으십니까?"

그래서 자꾸만 헤실거리며 흘러나오는 웃음을 참지 못하고 있던 유정생의 귓가로 허민규의 목소리가 들려왔다.

그리고 그 목소리를 듣고서 유정생이 정색했다.

"크흠, 무슨 소리인가?"

"그렇게 정색하지 않으셔도 됩니다."

"……."

"맹주님을 곁에서 오래 보필하다 보니 눈빛만 봐도 교주님이 무슨 생각을 하시는지 알 수 있습니다. 저한테까지 감추실 것은 없습니다."

은근한 허민규의 목소리.

하지만 그 목소리가 부담스러웠다.

'위험해!'

확실히 허민규는 자신에 대해 너무 잘 알고 있었다.

속내를 털어놓을 수 있는 자가 곁에 있으니 편하기는 했지만 이게 양날의 검이라는 것을 그는 잘 알았다.

이유는 알 수 없지만 가까이로 다가와 눈을 빛내고 있는 허민규를 바라보던 유정생이 질문을 던졌다.

"자네, 내 곁에 있은 지 몇 년이나 되었나?"

"십 년 조금 넘었습니다."

"그래? 오래됐군."

"자르실 생각입니까?"

"크흠!"

유정생이 급히 헛기침을 했다.

눈빛만 봐도 무슨 생각을 하는지 알 수 있다고 했던 허민규의 말은 아무래도 거짓이 아닌 것 같았다.

역시 위험한 놈이라는 생각과 함께 유정생이 생각을 고쳤다.

이런 경우 방법은 두 가지였다.

제거하거나, 함께 끝까지 가거나.

그리고 그는 후자를 택했다.

제거할 마음을 먹는다 해도 쉽게 당할 것 같지 않은 허민규
였기에.

"애들이 벌써 많이 컸겠군."

"지금까지 저의 가정사에는 관심도 없으시다가 갑자기 그
건 왜 물으십니까?"

"어허, 이 사람. 내가 그동안 너무 무심했던 것 같아서 그
러네. 그래, 부인과는 사이가 좋지?"

"별거 중입니다."

"크흠."

예상치 못한 대답을 듣고서 다시 헛기침을 한 유정생이 화
제를 돌렸다.

"첫째가 이제 장가갈 나이가 되지 않았나?"

"이미 장가갔습니다."

"응? 언제 갔는가?"

"일 년 전에 갔습니다."

"왜 내게 알리지 않았나?"

"말씀드렸습니다."

"그런데?"

"잊어버리셨더군요."

유정생이 곤혹스런 표정을 지었다.

"이거 내가 큰 실수를 했군. 둘째가 혼인할 때는 내가 꼭

참석하겠네. 지참금도 넉넉히 가지고 말일세. 허허."

그리고 서둘러 달렸지만 허민규의 표정은 밝아지지 않았다.

"외람된 말씀이지만 지금 이렇게 한가한 이야기를 하실 때가 아닙니다."

"한가한 이야기라니. 자네의 가정사에 대해 이야기를 나누는 것이 어찌 가벼운 것이란 말인가?"

"문제가 생겼습니다."

"그 문제가 대체 무엇인지는 모르나 나중에 이야기하세. 지금 내겐 지금 나누는 이야기보다 더 중요한 이야기는 없네."

유정생이 다시 정색하며 말했다.

하지만 그 단호한 표정은 허민규의 입에서 흘러나온 이야기를 듣자마자 다급한 표정으로 바뀌었다.

"아가씨에 관한 일입니다."

"가연이 말인가?"

"그렇습니다."

"아니, 지금 그걸 왜 이제야 말하는가?"

원래 남의 집 가정사보다는 자기 집 가정사가 우선인 법이었다.

벌컥 화를 내고 있는 유정생을 어이없다는 듯이 바라보던 허민규가 고개를 절레절레 흔들며 대답했다.

"아가씨가 돌아오셨습니다."

"가연이가 돌아왔다? 그런데 그게 무슨 문제란 말인가?"

"아가씨의 기분이 별로인 것 같습니다."

당최 무슨 소리인지 알아들을 수 없다는 표정을 짓고 있는 유정생을 바라보며 허민규가 한마디를 덧붙였다.

"아무래도 실연당하신 것 같습니다."

실연이라니.

허민규의 이야기를 듣자마자 기가 막혔다.

그래서 참지 못하고 벌컥 소리를 질렀다.

"내 딸이 어디가 어때서?"

금이야 옥이야 곱게 키운 딸이었다.

세상 어디에 내놓는다 해도 빠지지 않을 자신의 딸이었다.

유정생이 오래간만에 살기까지 뿜어내며 커다랗게 소리를 지르자 허민규가 슬쩍 목을 움츠렸다.

하지만 허민규는 담담하게 대꾸했다.

"사실 성격이 그리 좋지는 않지요."

"그 아이 성격이 어때서?"

유정생은 어느새 주먹까지 불끈 움켜쥐고 있었다.

그리고 여차하면 꽉 움켜쥐고 있는 주먹을 날릴 기세였지만, 허민규도 뚝심이 있는 사내였다.

권력의 폭거 앞에서도 옳다고 생각하는 신념이 있다면, 기어이 할 말을 하는 것이 허민규의 성격이었다.

"조금 안하무인이긴 하지요. 뭐, 맹주님께서 워낙에 오냐오냐 하면서 곱게 키우다 보니 그렇게 되기는 했지만."

쾅.

결국 유정생이 탁자를 내려쳤다.

자양목으로 만든 탁자가 정확히 반으로 쪼개질 때, 얼굴이 붉게 상기된 유정생이 다시 소리쳤다.

"물론 그런 면이 없지 않아 있기는 하지만……."

"……?"

"얼굴이 예쁘지 않은가?"

'이번에는 반박할 수 없지 않느냐'는 표정을 지은 채 유정생이 입을 뗐지만, 허민규는 이번에도 지체하지 않고 대답했다.

"귀여운 편이지요."

"귀여운 편?"

"솔직히 말해서 예쁘다기보다는 귀여운 편이지 않습니까? 서 소저 정도는 되어야 예쁘다고 할 수 있지요."

부들부들.

꽉 움켜쥔 주먹에 이어서 유정생의 볼살도 떨리기 시작했다.

그러나 허민규는 그런 유정생의 모습이 보이지 않는 듯 아직 하지 못했던 말들을 마저 꺼냈다.

"그리고 또래 아이들에 비해서 키도 작은 편이지요. 더구나 결정적으로… 가슴도 좀 작은 편이지요."

"네놈이!"

와락.

유정생이 결국 허민규의 멱살을 움켜쥐었다.

그리고 당장에 요절을 낼 기세였던 유정생은 곧 멱살을 움켜쥐고 있던 손아귀의 힘을 풀었다.

기분은 나쁜데 허민규의 말은 딱히 틀린 부분이 없었다.

게다가 허민규에게 화풀이를 한다고 해서 달라질 것도 없었다.

지금 당장 급한 것은 딸을 직접 만나 상태를 확인하는 것이었다.

"차라리 차고 올 것이지……."

의자에 털썩 주저앉으며 유정생이 힘없이 혼잣말을 중얼거렸다.

지금 눈앞에 서 있는 허민규의 얄미운 대답들이 모두 옳다 하더라도 변하지 않는 것이 하나 있었다.

바로 무림맹주인 자신의 딸이라는 사실이었다.

비록 지금이야 마교의 교주입네 하고 돌아다니고 있지만,

사무진이라는 놈은 불과 얼마 전까지만 해도 근본도 없던 놈이었다.

"고작 배수짓이나 하던 놈이 감히 내 딸의 마음을 아프게 해?"

그래도 딸이 좋아하는 놈이었다.

당연히 유정생도 가만히 손을 놓고 있지는 않았었다. 이미 몇 달 전에 무림맹 최고의 정보 조직인 음영각을 총동원해서 놈의 과거를 캐본 적이 있었다.

그리고 알아낸 놈의 과거는 충격적이었다.

이미 양친을 잃은 고아.

뭐, 고아라는 것은 큰 문제가 되지 않지만 놈의 전직은 충분히 문제가 되었다.

소주의 뒷골목에서 배수짓이나 하던 놈.

게다가 옛말에 유유상종이라 했다.

가까이 지내던 친구를 보면 그 사람에 대해서도 알 수 있는 법이었다.

'봉일춘이라고 했던가?'

거의 매일 함께 어울리며 소주의 뒷골목을 전전했다고 알려진 봉일춘이라는 못생긴 놈은 자신의 앞에 불려와서는 울며불며 난리를 쳤다.

하늘에 맹세코 유정생은 손도 꿈쩍하지 않았다.

협박도 하지 않았고, 그저 지그시 바라본 것이 다였는데 놈은 눈물과 콧물 범벅이 된 채 스스로 입을 열었다.

처음에는 다시는 나쁜 짓을 하지 않겠다고 울며 빌었다.

그다음에는 내가 훔친 것은 고작 푼돈 몇 푼밖에 없는데 세상에 지천으로 깔린 진짜 나쁜 놈들은 놓아두고 왜 날 잡아왔냐고 화를 내었다.

그러다가는 묻지도 않았는데 자진해서 자신이 알고 있는 더 나쁜 놈들의 명단을 일일이 불러주었다.

그리고 마지막으로는 '사무진, 이 못된 놈이 결국 내 등에 비수를 꽂는구나' 라는 원망의 말까지 지껄였다.

그쯤에서 멈추었으면 덜 맞았을 텐데.

결국 그놈은 맞아 마땅한 짓까지 했다.

감히 탁자 위에 놓여 있던 술병을 깬 뒤, 그 파편을 들고서 다 죽여 버리겠다고 설레발까지 쳤으니까.

"못생긴 주제에."

당시의 기억을 떠올리며 사무진에 대한 험담을 늘어놓던 유정생이 자리에서 벌떡 일어나 딸의 방으로 걸음을 옮겼다.

그리고 딸의 방으로 걸어가다 보니 슬슬 걱정이 되기 시작했다.

지난번, 음식은 물론 물 한 모금 입에 대지 않고 침상에 누워 시름시름 앓던 딸의 모습이 기억났다.

이번에도 또다시 비슷한 일을 벌이지는 않을까 하는 우려
가 벌써부터 그의 가슴을 답답하게 만들고 있었다.

똑. 똑.

문앞에 멈추어 선 채 크게 숨을 들이켠 후, 천천히 문을 열
자 오래간만에 만나는 딸이 보였다.

등을 돌리고 우두커니 서서 창문 밖을 바라보고 있는 딸의
등을 물끄러미 바라보던 유정생이 어렵게 입을 뗐다.

"돌아왔느냐?"

"응, 나 왔어."

창밖을 향해 있던 시선을 거두고 자신을 향해 고개를 돌리
는 딸의 얼굴을 마주하고서 유정생은 우선 안도의 한숨을 내
쉬었다.

얼굴이 나쁘지 않았다.

너무 울어서 두 눈이 퉁퉁 부어 있을 것이라 예상했는데 마
주한 딸의 얼굴은 생각보다 훨씬 괜찮아 보였다.

"혼자 왔어?"

"응."

"그놈은?"

"마교로 돌아갔어."

"널 두고 혼자서?"

"내가 별론가 봐."

유가연이 웃었다.

하지만 대답을 하는 그녀의 얼굴에 떠올라 있는 씁쓸한 미소가 유정생의 마음을 더 아프게 만들었다.

"그놈 아주 정신이 나갔구나."

"응. 넋이 나갔더라고."

"너처럼 괜찮은 여자가 또 어디 있다고."

"그러게 말이야."

"……."

"그런데 그 여자를 바라보는 눈빛이 너무 애틋하더라."

"그랬구… 뭐, 지금 뭐라 했느냐?"

아무 생각 없이 고개를 끄덕이던 유정생이 퍼뜩 소리를 질렀다.

"그놈이 한눈을 팔았어?"

"정확한 표현은 아닌데, 비슷해."

"감히 선녀 같은 내 딸을 놔두고서 그 빌어먹을 놈이 한눈을 팔아? 내 이놈을 절대 용서치 않으리라."

유정생의 눈에서 불길이 치솟았다.

하지만 유가연의 눈빛은 여전히 차분하게 가라앉아 있었다.

"나 궁금한 게 있는데."

"말하거라."

"솔직히 말해줘야 해."

"그러마. 혹시나 해서 미리 얘기해 두는데… 가슴이 커지는 무공은 없다."

"알아."

쓴웃음을 배어 문 채 유가연이 대답했다.

그리고 그런 유가연의 얼굴에서 웃음기가 사라지고 이내 진지한 표정으로 바뀌는 것을 확인한 유정생은 갑자기 불안해졌다.

"마교, 지워 버릴까?"

"말 돌리지 마."

"대체 뭐가 궁금한데?"

유정생의 표정이 굳어질 때, 그녀가 마침내 입을 뗐다.

"아빠는 엄마가 첫사랑이야?

뭐라고 답할까.

설마 이런 질문을 할 것이라고는 예상치 못했기에 유정생은 당황했다.

그리고 그 짧은 순간 동안, 머릿속으로 수만 가지 생각을 한 유정생은 길게 한숨을 내쉬었다.

"엄마한테 이를 거야?"

"내가 아빠가 꺼낸 비밀 이야기를 듣고 엄마한테 쪼르르 달려가서 일러바치는 어린애인 줄 알아?"

영 못 미더웠다.

불과 얼마 전까지만 해도 기회만 있으면 지 어미에게 쪼르르 달려가서는 미주알고주알 털어놓는 바람에 얼마나 힘들었던가.

유정생의 눈에 보이는 딸은 여전히 어린애였다.

아마 그건 유가연이 아무리 나이가 먹어도 변하지 않으리라.

하지만 가만히 올려다보고 있는 딸과 시선이 마주치는 순간, 솔직하게 털어놓을 수밖에 없었다.

"네 엄마가 아냐."

"진짜?"

"그래, 네 엄마를 만나기 전에 좋아하던 사람이 있었어."

"그랬구나."

"……."

"예뻤어?"

"그래, 무척 예뻤어."

"엄마보다 더?"

"아마 그럴… 걸."

잠시 망설이던 유정생이 솔직하게 대답했다.

그리고 그 대답을 듣자마자 유가연이 입을 내밀었다.

"엄마도 예뻤잖아."

"물론이지."

"엄마 말로는 엄마가 강소성에서 제일로 예뻤다고 하던데. 그런데도 엄마보다 그때 그 여자가 더 예뻤어?"

"응."

"뭐야? 중원 제일미인이라도 만났던 거야?"

"아니. 그냥 평범한 여염집의 여식이었어."

"말도 안 돼."

"이해가 안 가는 거야?"

유가연이 힘껏 고개를 끄덕였다.

하지만 유정생으로도 마땅히 설명해 줄 길이 없었다.

"지금은 뭐 하는데?"

"시집 갔어."

"누구한테?"

"그럭저럭 먹고살 만한 상인한테 시집가서 아들딸 낳고 잘 살고 있다던데."

"그건 또 어떻게 알아?"

"그야……."

"또 음영각 아저씨들 풀었지?"

유정생이 머리를 긁적였다.

그리고 질책하듯 쏘아보고 있는 유가연의 시선을 슬쩍 피하며 말했다.

"네 아비 무림맹주다."

"그렇다고 사적인 일로 음영각 아저씨들 움직여도 돼?"

"응."

"권력 남용이야."

"알아."

"그런데?"

"무림맹주가 되고 처음으로 했던 일이 음영각 인물들을 풀어서 어디 사는지 알아냈던 거야."

"보고 싶어서?"

"꼭 그랬던 건 아닌데. 그냥 궁금했어. 아빠뿐만 아니라 남자에게 첫사랑이란 그런 존재야."

"그렇구나."

제대로 이해했을까.

고개를 갸웃거리는 것으로 봐서 완전히 이해한 것은 아닌 듯 보였다.

하지만 더 설명하는 대신 유정생은 신형을 돌렸다.

가끔씩은 말로 설명해 주는 것보다 스스로 생각할 시간을 주는 것이 더 효과적일 때도 있으니까.

"하나만 더 물어도 돼?"

밖으로 걸어나가던 유정생이 걸음을 멈추었다.

그러나 고개를 돌리지는 않았다.

딸의 얼굴을 마주하면 억지로 꾹꾹 눌러 참고 있는 화를 더이상 주체하기 힘들 것만 같아서.

"묻고 싶은 게 뭔데?"

"아직도 그 여자 사랑해?"

유정생이 짤막하게 한숨을 토해냈다.

그리고 잠시 고민하던 그는 솔직하게 대답했다.

"그래."

놀란 걸까.

유가연이 급히 숨을 들이켜는 소리를 들으며 그가 남은 대답을 꺼냈다.

"한때는 그 여자가 삶의 전부라고 생각한 적이 있었어. 마치 찬란한 태양처럼 아름답게 느껴졌거든."

"……."

"그런데 시간이 흐르니까 그 찬란함이 점차 빛을 잃더라. 그래서 지금은 네 엄마를 훨씬 더 사랑해."

그 말을 마지막으로 유정생이 방을 나왔다.

그리고 밖에서 대기하고 있던 허민규에게 명령했다.

"준비하게."

"무엇을 말씀하시는 겁니까?"

"자네라면 가만히 있을 수 있겠나?"

"……?"

"딸이 저렇게 아파하는데, 심장을 쥐어뜯으며 아파하는데 아비 된 자가 가만히 있을 순 없잖아."

유정생의 목소리는 단호했다.

그래서 허민규가 불안한 표정을 지을 때였다.

"정마대전 한번 하지."

놀라서 눈을 치켜뜨고 있는 허민규의 곁을 유유히 스쳐 지나가던 유정생에게서 긴 한숨이 흘러나왔다.

第五章
깨달음

荷蘇乳蒸煎篆湯細膩芬福佑某于
至大改元四月佛浴遍盲廣為傳行譯
日弟子趙孟頫敬書長座前再再
老君演此眞妙經竟正

共同
傳人
공동전인

"사무… 진?"

쇳소리가 섞인 기분 나쁜 목소리를 들으며 사무진이 미간을 찌푸렸다.

귓가로 파고드는 걸걸한 목소리에 담긴 귀기.

아니, 혈강시의 전신에서 은연중에 풍겨 나오고 있는 섬뜩한 귀기가 그의 신경을 긁고 있었다.

"날 알아?"

혈강시가 고개를 끄덕였다.

일반적인 강시와 달리 이지를 상실하지 않았다는 사실에

사무진은 놀란 표정을 감추지 않았다.

"날 어떻게 아는데? 강시들의 세상에서도 이름이 알려질 만큼 내가 유명한 건가?"

"내가… 죽여야 할… 자!"

혈강시가 더듬거리며 한마디를 덧붙이며 눈을 떴다.

단지 눈을 뜬 것에 불과했지만 이전과 비교할 수 없을 정도로 강해진 귀기.

순간, 등골의 오싹함을 느낀 사무진이 자신도 모르는 사이 천지미리보를 펼쳐 삼 장이나 뒤로 물러났다.

'뭐지?'

위험한 존재라는 본능의 속삭임.

괜히 부딪치지 말고 어서 뒤로 물러나라는 본능의 속삭임으로 인해서 자신도 모르게 뒤로 물러났다.

마치 넘을 수 없는 벽을 마주한 듯한 느낌.

오래간만에 느끼는 감정이었다.

죽여야겠다는 마음을 먹고 무명 노인을 향해 달려나갈 때 처음 느꼈던 감정.

그리고 강자존이라는 명제를 걸고 천중악과 부딪쳤을 때 이런 느낌을 받은 이후 처음이었다.

"저기, 뭔가 잘못 알고 있는가 본데 내가 사무진이 아니라……."

이 싸움, 피하고 싶었다.

그래서 이야기를 도중에 멈추고 슬쩍 뒤를 살피던 사무진이 한숨을 내쉬었다.

"맞네. 내가 사무진이 맞아."

아무리 살펴도 자신을 대신해서 이 혈강시를 감당할 인물은 보이지 않았다.

피하고 싶어도 피할 수 없는 싸움이었다.

핏빛으로 물든 눈으로 쏘아보고 있는 혈강시의 시선을 슬쩍 피하며 사무진이 두 눈에 힘을 주고 조금 전 자운묵창이 스치고 지나갔던 혈강시의 가슴 어림을 살폈다.

그리고 고개를 절레절레 흔들었다.

자운묵창의 창두에 어렸던 핏빛 기운.

극마 단계에 들어서며 진기의 수발이 자유로운 경지에 오른 지금, 사무진은 조금 전 자신이 만들어낸 강기에 실린 위력이 얼마나 대단한지 알고 있었다.

하지만 단단한 바위도 썩은 두부처럼 베어낼 수 있는 강기로도 혈강시의 가슴에는 생채기 하나 남기지 못했다.

'실수?'

혹시나 자신이 뭔가 실수한 것이 아닐까 하는 생각이 들어 고개를 돌리자 얼굴을 잔뜩 찌푸리고 있던 검마 노인이 실수 따위가 아니라며 고개를 흔들고 있었다.

"강시불사공을 통해 진정한 금강불괴의 경지를 이루었지."

당혹스러움을 감추지 못하고 있는 사무진을 희미한 웃음을 띤 채 바라보던 고루신마가 자부심이 가득한 목소리로 입을 뗐다.

"강시불사공? 금강불괴?"

"하늘 아래 어떤 존재도 완성된 혈강시를 감당할 수 없다."

"……."

"여기서 뼈를 묻는 것을 아쉬워하지 마라. 어차피 네게는 돌아갈 곳도 없을 테니."

떵. 떵. 띠리링.

더 할 말이 없다는 듯 고루신마가 오른손에 들려 있던 황금빛 종을 흔들자 방울 소리가 흘러나왔다.

하지만 생각에 잠긴 사무진은 그 종소리도 듣지 못했다.

'어차피 돌아갈 곳이 없다?'

무슨 뜻일까.

고루신마가 꺼낸 말이 마음에 걸렸다.

이건 그냥 넘어갈 수 없는 말이었다.

그래서 그 말에 담긴 의미에 대해서 되물으려 했지만 사무진에게는 그럴 만한 여유조차도 주어지지 않았다.

혈강시가 뿜어내는 귀기가 사무진의 전신을 강하게 압박하며 다가오고 있었다.

'뭐지?'

사무진이 급히 숨을 들이켰다.

어깨가 슬쩍 흔들린다는 느낌을 받은 순간, 혈강시는 어느새 오 장의 거리를 좁히고 지척까지 다가와 있었다.

그리고 가슴 어림으로 파고드는 일격.

제대로 보이지도 않았다.

눈으로 본 것이 아니라 감각으로 공격이 다가오고 있다는 것을 느낀 사무진은 미련없이 자운묵창을 바닥에 던져 버렸다.

창은 장병.

충분한 거리가 확보되어 있는 경우에는 그 어느 병기보다도 강한 위력을 발휘하지만, 지금처럼 거리가 좁혀진 경우에는 장병으로서의 이점을 전혀 발휘하지 못했다.

이점이 사라진 병기를 고집하는 것은 바보 같은 짓.

저 일격을 막아야 한다는 급한 마음에 사무진이 펼친 것은 단파삼권이었다.

평소라면 권력이 세 갈래로 갈라지지만 이번에는 달랐다.

파바바바바방.

한 점을 향해 연거푸 펼쳐진 세 번의 주먹질.

그 한 번의 주먹질마다 중첩의 묘가 섞여 있었기에 연거푸 폭음이 흘러나왔다.

크으.

하지만 혈강시가 펼친 일권에 실려 있던 경력을 모두 풀어 내는 데는 실패했다.

다 풀어내지 못하고 남은 경력이 내부로 파고들었다.

오장육부가 흔들리는 느낌.

이를 악문 사무진이 천지미리보를 펼치며 뒤로 물러나려 했지만, 다시 거리를 벌리는 것에는 실패했다.

강기에 당해도 생채기조차 남지 않는 단단한 몸뚱어리를 믿어서일까.

혈강시의 움직임에 퇴의 묘용 따위는 없었다.

오직 전진과 공격뿐이었다.

다시 한 번 펼쳐 내는 단파삼권.

하지만 짧은 거리에서 그 위력이 극대화되는 단파삼권을 펼치기에도 여의치 않을 정도로 사무진과 혈강시 사이의 거리는 좁혀져 있었다.

'이게 무슨?'

사무진이 미간을 찌푸렸다.

눈앞으로 다가온 주먹을 피한 것은 순전히 운이었다.

그러나 아직 끝이 아니었다.

이제부터가 시작이었다.

간신히 주먹을 피했다는 생각에 안도의 마음이 깃든 순간, 그의 앞으로 다가온 것은 팔꿈치.

허리를 바닥에 닿을 정도로 뒤로 젖혀서 그 팔꿈치를 간신히 흘리자 이번에는 어깨와 무릎이 연거푸 파고들고 있었다.

쿵.

그리고 힘겹게 피해내고 있던 사무진은 결국 혈강시의 연환 공격을 모두 피하지는 못했다.

옆구리에 팔꿈치를 허용하고 비틀거리며 물러났다.

그런 사무진이 눈을 빛냈다.

박투.

들어본 적이 있다.

팔을 뻗을 거리조차도 나오지 않는 근접한 거리에서 신체 각 부위를 모두 무기처럼 사용하는 무공.

소림사의 생사박이라는 박투술이 절기 중의 절기로 인정받고 있다는 사실쯤은 사무진도 알았다.

하지만 지금 혈강시가 펼치는 것을 진정한 박투라고 할 수 있을까.

일정한 투로가 없다.

마치 마음이 내키는 대로 휘두르고 있는 주먹질과 발길질.

하지만 막고 피하는 것이 여의치 않다.

그 이유는 혈강시의 움직임이 빠르기 때문이었다.

그리고 단단한 몸뚱이를 믿고 수비를 도외시한 움직임도 상대하는 것에 어려움을 느끼게 만드는 데 한몫을 하고 있었다.

"해보자 이거지?"

고통을 호소하는 옆구리를 슬쩍 만진 사무진이 고개를 좌우로 꺾었다.

상대가 근접 거리에서의 박투를 원하니 응하기로 결심하고 지금까지처럼 뒤로 물러나는 대신 마주 앞으로 달려나갔다.

퍽.

부딪치는 주먹과 주먹.

퍼억.

부딪치는 팔꿈치와 팔꿈치.

쿵.

마지막으로 무릎끼리 부딪친 후 잠시 떨어진 사무진이 얼굴을 찡그렸다.

단단하다.

혈강시의 몸은 마치 쇳덩이처럼 단단해서 아프다.

미리 진기를 끌어올려 대비했음에도 불구하고, 혈강시와 부딪쳤던 신체 각 부위가 욱신거리며 고통을 호소한다.

하지만 사무진은 그 고통을 참으며 다시 부딪치기 시작했다.

서로의 콧김이 느껴질 정도로 좁혀진 거리.

그 좁혀진 거리에서 서로의 얼굴을 마주한 채 격렬한 공방이 이어졌다.

마지막 순간 방향을 바꾼 혈강시의 왼주먹이 복부에 틀어박히는 순간, 사무진의 팔꿈치도 혈강시의 안면을 가격했다.

혈강시의 무릎이 허벅지를 가격하는 순간, 사무진의 어깨가 혈강시의 가슴에 정통으로 틀어박혔다.

좋게 표현하면 숨막히는 박투.

어찌 보면 뒷골목 건달들이 서로 멱살을 움켜쥔 채 펼치는 개싸움이나 막싸움이라 불려도 좋을 정도의 대결이 반 다경에 걸쳐 계속되었다.

그리고 시간이 흐르면 흐를수록 점점 손해를 보는 것은 사무진이었다.

사무진은 피륙으로 이루어진 인간.

날카로운 검에 닿으면 피륙이 베이고 진기가 실린 주먹에 얻어맞으면 내부에 충격을 받는 것이 당연했다.

그에 반해 혈강시는 아무리 공격해도 흠집조차 나지 않는 철벽처럼 단단한 신체를 가진 괴물.

사무진이 수십 번이나 공격을 성공시켰지만 조금도 충격

을 받은 기색이 아니었다.

그리고 이런 시간이 길어지면 길어질수록 사무진이 손해를 보는 것은 어찌 보면 당연한 수순이었다.

하아, 하아.

절로 거친 숨이 토해져 나왔다.

혈강시의 공격에 연거푸 얻어맞은 온몸에서 이제 한계에 다다랐다고 비명을 질러대고 있었지만 사무진은 히죽 웃었다.

혈강시와의 대결.

분명히 어려웠다.

역부족이라는 느낌이 들 정도로.

그러나 아직은 견딜 만했다.

그리고 사무진도 서서히 흥미를 느끼기 시작했다.

황보세가에서 금의무적단의 무인들을 상대하던 도중에 찾아왔던 깨달음.

'틀에 얽매이지 말라' 라는 추상적인 무리가 좀 더 구체적이고 현실적인 의미가 되어 다가오고 있었다.

이 막싸움 같은 박투를 통해서.

머릿속에서만 맴돌고 있던 무리가 때리고, 휘젓고, 흘려내는 움직임 가운데 서서히 녹아든다는 느낌일까.

진기를 싣는 것은 무조건 주먹.

꽉 짜여진 틀에 맞추어 혈도를 따라 내력을 운용하고 그 과
정을 모두 거쳐야만 제대로 진기가 실린다고 생각했고, 어느
새 그게 습관처럼 되어버렸는데…….

고정관념을 없애자 부질없다는 생각이 깃든다.

―지금 몸 안에서 맹렬히 휘몰아치고 있는 진기들이 어떤
형태로 빠져나간들 어떠할까.

콰쾅.

다시 맞부딪치는 팔꿈치와 팔꿈치.

진기와 진기가 충돌하며 거센 폭음이 터져 나왔다.

처음 부딪쳤을 때만 해도 뼈가 통째로 으스러지는 게 아닐
까 하는 걱정이 들 정도로 지독한 고통이 찾아왔었다.

하지만 지금은 다르다.

이를 악물지 않아도 될 정도로 견딜 만하다.

순간 고통이라는 것에 만성이 된 것이 아닐까 하는 생각이
스치고 지나갔지만 그것은 아니었다.

달라진 것은 없었다.

아니, 달라진 것은 없다고 생각했는데 분명히 달랐다.

대체 어떤 차이일까.

팔을 휘감고 있는 진기의 양이 그만큼 증가되었기 때문

일까.

　궁금한 마음이 어찌 없을까마는 사무진은 그 호기심을 애써 억눌렀다.

　한 치의 방심조차도 허용되지 않는 맹렬한 공방이 이어지는 순간에 다른 생각을 할 여유는 없었다.

　휘젓고, 때리고, 흘리고, 부딪치고.

　그 일련의 동작에만 온 정신을 집중했다.

　쿵.

　타다닷.

　시간이 점차 흐르면서 어딘가 부자연스러웠던 사무진의 몸놀림이 점차 자연스러워지기 시작했다.

　그리고 이를 악물고 일그러뜨리고 있던 사무진의 입가로 희미한 미소가 맴돌기 시작했다.

　머리가 아니라 마음으로 움직이는 진기.

　마음이 일어나자 진기가 움직이기 시작했다.

　파천무극권.

　파란색 강기의 덩어리가 주먹 대신 팔꿈치에 모여든 채 혈강시의 가슴을 강타했다.

　쿵.

　그리고 혈강시와 대결을 한 후 처음으로 사무진이 펼친 공격이 혈강시에게 제대로 된 타격을 주었다.

찰나에 불과할 정도로 아주 짧은 시간이었지만 혈강시가
충격을 받은 듯 주춤하며 움직임을 멈추었다.

"너는 누구… 지?"

혈강시가 두 손으로 머리를 움켜쥐었다.

고통스러운 표정을 짓고 있는 혈강시의 전신에서 뿜어져
나오던 귀기가 점차 약해졌다.

"내 이름 알잖아. 사무진."

"사무… 진?"

"죽일 거라면서."

"죽인다?"

"몸뚱어리만 더럽게 단단한 줄 알았더니 머리도 그에 못지
않게 단단한가 보네. 기억 안 나?"

욱신거리며 고통을 호소하고 있는 팔다리를 이리저리 움
직이며 사무진이 입을 뗐지만, 혈강시는 점점 더 고통스러운
지 얼굴을 일그러뜨렸다.

그리고 머리를 감싸쥐었다.

"기억이 나지… 않아."

"어디 아픈가 보네."

사무진이 눈을 가늘게 뜨고 혈강시를 살폈다.

굳이 자세히 살피지 않아도 알 수 있었다.

고루신마가 완벽하다고 자부하던 혈강시는 정확히 무엇

때문인지는 몰라도 아직 완전하지 않다는 것을.

띠리링. 띠리링.

그때, 고루신마가 당혹스런 표정으로 오른손에 들고 있던 황금색 종을 힘껏 흔들었다.

효과가 있었을까.

고통스런 표정으로 머리를 감싸 쥐고 있던 혈강시의 두 눈에서 다시 광망이 폭사하기 시작했다.

"다른 생각하지 마라. 저놈을 죽이는 것만 생각해라!"

고루신마가 다급하게 소리쳤다. 그와 동시에 혈강시에게서 흘러나오는 귀기가 다시 강해졌다.

그리고 사무진도 다시 긴장하기 시작했다.

비록 혈강시의 상태가 정상이 아닌 것처럼 보이기는 했지만 그렇다고 해서 달라지는 것은 없었다.

금강불괴?

아직 확실히 알 수는 없었다.

하지만 자신이 전력을 다해 펼친 파천무극권을 얻어맞았음에도 불구하고 혈강시는 잠시 주춤한 것이 다였다.

마치 아무런 타격도 입지 않은 것처럼 처음보다 더 강력한 귀기를 뿜어내고 있는 혈강시는 여전히 위협적인 존재였다.

"이거 곤란한데……."

어떤 공격에도 타격을 입지 않을뿐더러 시간이 흘러도 지치지 않는 혈강시.

그에 반해 혈강시와 일다경이 넘도록 맹렬한 공방을 펼쳤던 사무진은 현저히 지쳐 가고 있었다.

초조한 마음이 드는 것은 당연지사.

다시 아까처럼 대결을 펼친다면 어느 정도까지는 버틸 수 있겠지만, 결국 먼저 쓰러지는 것은 자신이 될 것이 틀림없었다.

혈강시의 손끝을 슬쩍 살피자 흑색 연기처럼 느껴지는 진기가 모여드는 것이 보였다.

점차 짙어지는 흑색 기운을 힐끗 살피며 사무진이 맹렬하게 머리를 굴릴 때, 잔뜩 얼어붙어 있던 심 노인이 입을 뗐다.

"교주님!"

"왜요?"

"괜찮으십니까?"

"괜찮아 보여요?"

사무진이 울컥해서 소리쳤다.

가벼운 내상 때문인지 목구멍을 타고 넘어온 울혈에서 비릿한 혈향이 느껴졌다.

혈강시의 경력에 스쳐서 쓰라린 느낌이 드는 옆구리 어림도 배어 나온 선혈로 붉게 물들어 있었다.

더구나 코 아래로 축축한 느낌과 함께 뭔가 흘러내리는 느낌이 드는 것으로 봐서 쌍코피도 터진 듯했다.

아마 아까 혈강시의 이마에 얻어맞아서 쌍코피가 터진 모양이었다.

스윽.

소매를 들어 흘러내리고 있는 쌍코피를 닦아내며 노려보자 심 노인이 움찔하며 고개를 푹 수그렸다.

"제 눈에도 괜찮아 보이지 않으십니다."

"그럼 묻지를 말던가."

"그래서 드리는 말씀입니다만……."

"……?"

"도망칠까요?"

심 노인이 돌연 던진 말을 듣고서 소매로 코피를 닦아내던 사무진이 멈추었다.

도망치자는 심 노인의 말이 악마의 유혹처럼 달콤하게 다가왔다.

"그럴까요?"

"똥이 더러워서 피하지 무서워서 피하는 것은 아니니까요."

심 노인이 재빨리 대답했다. 그리고 심 노인은 역시 듣는 사람의 기분을 상하지 않게 말하는 재능이 있었다.

"좀 더럽긴 하죠?"

"그렇습니다."

"그런데 어디로 도망칠까요?"

처음 오 장이 넘게 벌어져 있던 거리를 순식간에 좁히던 혈강시의 신법을 이미 경험했기에 사무진이 어두운 표정으로 되물었다.

하지만 심 노인은 이미 거기에 대해서도 생각해 둔 듯 거침없이 대답했다.

"전에 한번 보여주시지 않으셨습니까?"

"뭘요?"

"땅속으로 파고들어 도망치는 것 말씀입니다."

"땅속으로 도망치는 거라면… 아!"

"저도 같이 데려가 주셔야 합니다."

그래도 자신의 살 길을 마련하기 위해 재빨리 한마디를 덧붙이는 심 노인을 바라보며 사무진이 탁 소리가 나게 무릎을 쳤다. 천괴지둔공을 까맣게 잊고 있었다.

그리고 심 노인의 덕택에 사무진은 파환수라권과 용연창법 대신 혈강시를 상대할 다른 방법을 떠올렸다.

"안 가요."

"저도 데려가 주신다니 감사… 아니, 그게 무슨 말씀이십니까?"

"명색이 마교의 교주인데 고작 강시 따위를 감당하지 못하

고 도망쳐서야 어디 체면이 서겠어요?'

심 노인을 향해 히죽 웃은 사무진이 왼손을 불쑥 앞으로 내밀었다.

그리고 찾아낸 방법을 지체하지 않고 실행에 옮겼다.

슈아악.

손끝에서 뻗어져 나가는 한 가닥 기운.

얼핏 지풍을 쏘아낸 것처럼 보였지만, 사무진이 날린 것은 극독의 기운을 품고 있어 흑색으로 물든 손톱이었다.

독마 노인의 독문무공인 독수비공.

'독이라면?'

사무진이 처음으로 떠올린 가능성은 독공이었다.

그리고 강기가 담긴 공격조차도 피하지 않는 혈강시인만큼 날아오는 손톱 따위는 피하지 않을 것이라 생각했던 사무진의 예상은 빗나가지 않았다.

그러나 독수비공은 전혀 통하지 않았다.

맹렬한 기세로 날아간 손톱이 틀어박히기는커녕 아예 생채기조차 남기지 못하는데 성공할 리가 없었다.

"안 통하네!"

무안한 표정으로 머리를 긁적이던 사무진이 이번에는 품속으로 손을 넣었다.

그런 그의 손에 들린 것은 두 개의 숟가락.

진법 안에 가두는 것이 최선이었지만 적어도 어느 정도의 시간은 벌어줄 수 있을 것이라 판단이 섰다.

푹.

사무진이 던져 낸 숟가락이 혈강시의 발치에 박혔다.

무심한 눈빛.

대체 무슨 어이없는 수작을 벌이느냐는 듯 가소로운 표정을 지은 채 미동도 않고 물끄러미 바라보고 있는 혈강시를 일견한 사무진이 두 번째 숟가락을 던져 냈다.

푸욱.

한 치의 오차도 없이 정확하게 틀어박혔다.

황보세가의 수신호위라 불리던 금의무적단의 무인들을 가두었던 풍변화염진이 다시 발동되기 시작했다.

벌써 뜨거움을 느끼는 걸까.

"숟가락 두 개면… 천하에 가두지 못할 것이……."

무표정한 얼굴을 슬쩍 일그러뜨리는 혈강시를 확인하고 쾌재를 부르며 소리를 지르던 사무진의 눈이 커졌다.

콰직.

혈강시가 오른발을 들어 바닥에 꽂혀 있던 숟가락을 걷어 찼다.

그것으로 모자라 신병이기 숟가락을 발로 밟아 반 토막으로 부러뜨려 버렸다.

"…없지 않다…….."

사무진의 표정이 눈에 띄게 굳어졌다.

그리고 그 순간, 더 이상 허튼 수작 따위는 부리지 말라는 듯 혈강시가 파고들었다.

*　　*　　*

"좀 쉬었다 가지."

노송이 만들어주는 그늘 아래의 바위에 걸터앉은 호중천이 허리에 걸려 있던 호로병을 풀렀다.

바람에 실려 풍겨 나오는 알싸한 주향.

마개를 연 호중천이 그 호로병을 입으로 가져갔다.

"좋군!"

트림을 하며 소매를 들어 입가에 묻은 술을 닦아내고 있는 호중천을 바라보던 백정명이 눈살을 찌푸렸다.

"한잔할 텐가?"

"저는 됐습니다."

"긴장되는가 보지?"

"……."

"하핫. 그렇게 긴장하지 말게. 간단한 일이니 말일세."

호방한 웃음을 터뜨리며 다시 호로병을 입으로 가져가는

호중천을 바라보던 백정명이 눈살을 찌푸렸다.

백사단은 사도맹의 비밀병기라 불리는 단체.

현재 백사단은 백 명의 인원이 모두 일당백의 고수라 불릴 능력이 있는 자들로 구성되어 있었다.

수백, 수천 번의 실전 경험을 가진 백전고수들.

그 백사단을 이끄는 자가 바로 자신이었다.

'아직 어려.'

호중천을 바라보던 백정명의 입가로 비웃음이 스치고 지나갔다.

비록 천하제일세라 불리는 사도맹의 후계자 자리에 올라 있는 그였지만, 백정명의 눈에 비친 호중천은 아직 미숙한 것 투성이였다.

물론 아직 서른도 되지 않은 만큼 경험이 부족한 것이야 어쩔 수 없는 것이겠지만, 경험의 부족을 인정하고 부족한 부분을 채우기 위해서 노력하는 모습이 보이지 않았다.

자만과 아집에 빠진 한심한 모습만이 부각되었다.

"마교는 만만한 곳이 아닙니다."

"긴장하지 말라고 했지 않나?"

"마교의 육마존은 절정의 경지에 올라선 노고수들. 얕보다가는 저희가 당할 수도 있습니다."

"육마존? 무섭지, 무서운 자들이야."

"……?"

"하지만 그들은 현재 마교에 없어. 게다가 마교의 교주인 사무진이라는 놈도 자리를 비웠지. 그러니 지금 우리가 치려는 마교는 알맹이가 모두 빠지고 껍데기만 남아 있다고 해도 과언이 아니야."

"그렇지만……."

"자네가 생각하기에는 어떤가? 고작 껍데기만 남은 마교를 치러 가는 이번 행사, 지나칠 정도로 쉽다는 생각이 들지 않는가?"

호중천은 자신만만한 표정을 짓고 있었지만, 백정명은 여전히 미간을 찌푸린 채였다. 육마존이 자리를 비웠고, 마교의 교주인 사무진이라는 자도 현재 교에 남아 있지 않다는 사실은 백정명도 이미 알고 있었다.

그렇지만 여전히 가슴 한 켠에는 꺼림칙한 기분이 남았다.

이름이 육소균과 장하일이라고 했던가.

얼마 전 마교에 입교한 자들인 육소균과 장하일은 고수였다.

비록 강호에서 활동한 시간이 얼마 되지 않아 그들의 이름은 아직 널리 알려지지는 않았다.

그렇지만, 구유신도 종리원과 창마를 죽인 것만으로도 그들은 주시해야 할 자들이었다.

게다가 마도삼기도 만만한 자들이 아니었다.

육마존에 비해서는 그 명성이 조금 떨어진다 하더라도 무공 수위의 차이는 거의 없다고 알려져 있었다.

그런 자들이 남아 있는데 간단한 일이라고 할 수 있을까.

행여나 싸움이 길어져 어디론가 떠났다고 알려진 육마존마저 돌아온다면 상황은 더욱 어려워질 터였다.

"내게 주신 기회야. 지난번의 실수를 만회하라는 아버님의 뜻이지."

과연 그럴까.

그 생각은 틀렸다는 말을 하려던 백정명이 입을 다물었다.

"나도 한 모금 할까?"

혈랑유희 사연랑이 웃으며 호중천을 향해 손을 내밀고 있었다.

"받으시지요."

"이거 무척 맛이 좋은데. 좋은 술을 가져왔네."

사연랑의 입가로 요염한 미소가 떠올랐다.

"그러지 말고 백 단주도 한잔하게."

사연랑이 내밀고 있는 호로병을 거절하려 했지만, 결국 백정명은 그 호로병을 받아 들 수밖에 없었다.

호중천이 보이지 않게 사연랑은 한쪽 눈을 찡긋했다.

그리고 그 의미를 알아채지 못할 정도로 백정명은 꽉 막힌 사람이 아니었다.

[풋내기일 뿐이야. 그냥 기분을 맞춰주게.]

귓가로 파고드는 전음을 들으며 백정명이 호로병을 입가로 가져갔다.

그런 그의 눈에 여전히 웃고 있는 호중천이 보였다.

'야심은 많으나 능력이 받쳐 주지 않는 자!'

안타까웠다.

아무것도 모른 채 헛된 꿈을 꾸고 있는 그의 모습이.

하지만 이내 마음을 바꾸었다.

하늘은 그에게 기회를 주었다.

천하제일세를 자랑하는 사도맹 주인의 장남으로 태어나게 해주었으니까.

그러나 그는 하늘이 준 기회를 잡지 못했고, 그런 그에게 돌아갈 것은 아무것도 없으리라.

세상의 이치란 원래 그런 법이니까.

호로병 속에 들어 있는 술이 무척이나 쓰다는 생각을 하며 백정명이 고개를 돌려 호중천을 외면했다.

＊　　　　＊　　　　＊

"네가 나를 일인자로 만들어다오."

귓가를 맴도는 목소리.

간절하던 눈빛이 떠오르는 순간 가슴이 답답해졌다.

덜컹. 덜컹.

자꾸만 머릿속에 떠오르는 그 눈빛을 지우기 위해, 서옥령은 눈을 뜨고 마차 안의 창문을 가리고 있는 휘장을 걷어 젖혔다.

구름 한 점 없는 파란 하늘.

따뜻한 햇살이 비추고, 이름 모를 색색의 나비들이 들꽃 위에 유영하는 풍경이 두 눈에 들어왔지만, 서옥령의 기분은 조금도 나아지지 않았다.

'만족을 모르는 분!'

일인자면 어떻고, 이인자면 어떨까.

서옥령은 그리 생각했지만 아버지는 달랐다.

모든 이들이 부러워하는 자리에 올라 있음에도 불구하고, 만족하는 대신 좀 더 높은 위치에 올라서기 위해 기를 쓰고 있었다.

간절하던 두 눈 한 켠에 떠올라 있던 탐욕이란 감정.

마음에 들지 않았다.

그렇지만 외면할 수가 없었다.

그녀가 원한 것은 아니었지만 아버지는 아버지였다.

이것이 천륜.

천륜을 거스를 만한 용기가 그녀에게는 없었다.

힘껏 고개를 흔들어 자꾸만 떠오르고 있는 아버지의 얼굴을 애써 떨쳐 버리자 사무진의 얼굴이 떠올랐다.

그리고 그녀의 얼굴에 환한 미소가 떠올랐다.

이런 게 사랑일까.

떨어져 있으면 보고 싶고, 보고 있으면 자꾸 웃음이 났다.

분명히 잘생긴 얼굴은 아니었는데, 뇌리에 각인된 채 지워지지 않았다.

이름이 정소소라 했던가?

어느 날, 그녀가 다가와 꺼냈던 이야기들을 떠올리자 서옥령의 입가에 떠올라 있던 미소가 짙어졌다.

"왜 그래요? 세상에 괜찮은 남자가 얼마나 많은데 그런 놈을 좋아해요? 서 소저는 얼굴도 예쁘니까 훨씬 괜찮은 남자를 만날 수 있어요."

걱정스런 표정으로 그녀는 그렇게 말했다.

하지만 그때 서옥령은 고개를 흔들며 대답했었다.

가문이 좋고 잘생긴 사내들은 이미 지겹도록 만나보았다고.

하지만 그들보다 사무진에게 더 끌린다고.

"어디 아파요? 하필이면 왜 마교의 교주를 좋아해요? 아, 아무래도 그놈의 환환만화공에 넘어간 것 같네. 걱정하지 말아요. 내가 환환만화공의 사악한 마수에서 벗어날 수 있는 법을 가르쳐 줄게요."

진짜 그랬을까.

환환만화공이라는 섭혼술에 당했던 걸까.

가만히 듣고 있던 서옥령에게 정소소는 기어이 하나의 구결을 전수해 주었다.

하지만 변하는 것은 없었다.

서옥령은 여전히 사무진이 좋았다.

그가 펼친 환환만화공 때문이 아니라 그의 눈빛이 좋았다.

따뜻한 눈빛.

그리고 툭툭 내던지던 엉뚱한 이야기들.

하지만 그 엉뚱한 이야기들이 재미있었다.

그래서 자꾸만 그와 함께 있으면 웃음이 나왔다.

사심이 담겨 있지 않은 따뜻한 눈빛으로 바라보며 멋쩍은 듯 머리를 긁적이던 사무진의 모습은 그녀의 뇌리를 떠나지 않았다.

하아.

걷어 젖혔던 휘장을 다시 내리며 서옥령이 탄식 같은 한숨을 토해냈다.

웃고 있는 사무진의 얼굴이 사라지고 이번에는 호중천의 얼굴이 떠올랐다.

자신을 바라보던 그의 눈빛이 떠오르자 등줄기로 한기가 스쳐 지나가며 소름이 돋았다.

'왜 그랬을까?

서옥령이 하얀 오른손을 들어 물끄러미 바라보았다.

죽이리라 마음먹었었다.

양팔을 벌리고 피할 생각도 없이 서 있던 그의 심장에 검을 틀어박으리라 마음먹었는데도 마지막 순간 검신의 방향을 틀고 말았다.

'인연. 아니, 악연.'

연검의 검신을 반으로 부러뜨리며 웃음을 터뜨리는 그를 보는 순간 직감했다.

그와 자신 사이는 악연으로 점철될 것이라는.

그래서 다시는 만나고 싶지 않았지만, 그녀는 지금 그를 만나기 위해 마교로 떠나고 있었다.

그리고 거기까지 생각이 미치자 갑자기 서글퍼졌다.

자신의 의사와는 상관없이 흘러가는 운명이 미치도록 싫

었다.

그 운명을 벗어나지 못하고 따라가는 자신은 더욱더 싫었고.

"오라버니!"

갑자기 서문유가 보고 싶어졌다.

배가 다른 오누이.

피가 반쪽밖에 섞이지 않았지만 오라버니는 가족이었고, 또한 그녀에게 가장 믿을 수 있는 사람이었다.

"네가 행복해졌으면 좋겠다."

슬픈 눈으로 자신을 바라보던 오라버니가 보고 싶었다.

그리고 지금 곁에 없는 오라버니를 원망했다.

만약 오라버니가 곁에 있었다면 이런 결정을 내린 자신을 향해 화를 내며 당장 말려주었을 텐데.

"악연도 인연. 이게 내 운명이라면 받아들여야겠지요."

고운 그녀의 목소리가 마차 안을 맴돌다 흩어졌다.

第六章
투영마안

共同
傳人
공동전인

쿵.

혈강시가 내뻗은 주먹이 어깨에 틀어박혔다.

마지막 순간에 어깨를 뒤로 젖혀서 최대한 충격을 줄이려 했지만 혈강시의 주먹에 실린 위력은 강했다.

몇 걸음이나 뒤로 물러난 사무진이 입술을 깨물었다.

방심일까.

아니, 방심이 아니었다.

풍변화염진을 가벼이 파훼해 버리는 혈강시를 보고 적잖이 충격을 받았고, 그로 인해 한순간 움직임이 둔해진 것이 이런 결과를 초래한 것이다.

'방법이 없나?'

화가 났다.

고작 이것밖에 안 되는 자신의 능력에.

그렇지만 방법이 없다.

아무리 머리를 쥐어짜 내봐도 방법이 떠오르지 않는다.

눈앞의 혈강시가 넘을 수 없는 산처럼 거대하게 느껴졌다.

대체 무슨 수를 써야 이 거대한 산을 무너뜨릴 수 있을까.

"잠시 쉬거라!"

통증으로 인해 욱신거리는 어깨를 문지르며 다시 앞으로 걸어나가려던 사무진이 아미성녀를 향해 고개를 돌렸다.

불장을 들어 올리고서 잔뜩 굳어진 표정으로 걸어나오는 아미성녀는 혼자가 아니었다.

검마 노인도 함께 나서고 있었다.

'합공?'

정파 무인을 대표하는 무인 중 하나인 아미성녀와 마교를 대표하는 무인인 검마 노인이 합공을 펼치기 시작했다.

어느 누구도 예상치 못했던 광경.

하지만 그게 지금 현실이 되어 있었다.

대정신공을 끌어올린 아미성녀가 휘두르는 불장이 혈강시의 머리 부근을 노리고 떨어져 내렸다.

검마 노인의 손에 들린 역린검에서 만들어진 백색 섬광이 혈강시를 반 토막 내버릴 기세로 좌에서 우로 그어졌다.

쾅.

그그극.

두 공격 모두 일격필상의 기세를 담은 채 혈강시의 신형에 틀어박혔다.

하지만 혈강시의 몸에는 여전히 생채기조차도 남지 않았다.

작은 충격도 받지 않은 듯 더욱 강한 귀기를 뿜어내고 있는 혈강시는 상대하는 이들을 질리게 만들 정도였다.

상대방을 스스로 지쳐 쓰러지게 만들 정도로 단단한 혈강시의 신체.

게다가 혈강시의 움직임은 빨랐다.

아미성녀와 검마 노인이 당혹감을 느낄 정도로 빠르게 움직이며 반격을 펼치던 혈강시가 눈을 빛냈다.

"크아악."

혈강시는 자신에 못지않게 빠른 속도로 움직이며 상대하는 검마 노인과 아미성녀를 보며 약이 오른 듯 괴성을 흘리면서 빛살 같은 속도로 움직이기 시작했다.

쾅.

콰직.

쉬지 않고 이어지는 공방.

서로 한 치의 물러섬도 없이 계속되는 공방이 사무진의 시선을 사로잡았다.

장관이었다.

정파와 마교를 대표하는 두 명의 고수가 펼치는 협공을 맞아 혈강시가 벌이고 있는 경천동지의 대결.

하지만 사무진은 알았다.

지금 당장은 검마 노인과 아미성녀가 우위를 점하고 있는 것 같지만, 결국 시간이 흐르면 대결의 양상은 역전이 될 것이라는 것을.

"무슨 수를 내야 하는데……."

눈앞에서 펼쳐지고 있는 대결에 시선을 빼앗긴 채 사무진이 눈을 빛냈다.

직접 상대하고 있을 때는 깨닫지 못했는데 지금 혈강시가 대결을 펼치고 있는 모습은 낯이 익었다.

좌호법 육소균.

보법을 펼쳐서 상대의 공격을 피하는 것이 귀찮아서 그냥 칼에 맞아도 흠집조차 나지 않을 정도로 몽뚱이가 단단해지는 무공을 익혔다던 육소균과 닮아 있었다.

물론 차이는 있었다.

우선 철포삼이라는 무공을 익힌 육소균보다 혈강시의 신체가 더 단단했다.

검기나 도기에 당했을 때 피륙이 베어지는 육소균과 달리 혈강시는 강기에 당했을 때도 생채기조차 남지 않았으니까.

그리고 또 다른 차이는 조문이었다.

육소균은 철포삼을 익히며 신체 다른 부위가 무쇠처럼 단단해졌지만, 한 곳만은 마치 어린아이의 살처럼 약해진 조문의 존재를 인정했다.

하지만 혈강시는 금강불괴라고 했다.

다시 말해 유일한 약점이라고 할 수 있는 조문조차도 없다는 뜻.

"정말 답이 없나?"

사무진이 한숨을 내쉬며 다시 치열한 대결이 펼쳐지고 있는 곳으로 눈을 돌렸다.

그사이, 대결의 양상은 많이 바뀌어 있었다.

아까까지만 해도 우위를 점하고 있던 것은 검마 노인과 아미성녀였는데, 지금은 혈강시가 대결의 주도권을 쥐고 있었다.

마구잡이로 휘두르는 듯한 혈강시의 주먹에 실린 권력을 보법을 펼쳐 피해내며 간간이 역습을 하는 것이 전부였다.

퍼억.

아미성녀가 휘두르는 불장이 집요하게 노리는 것은 혈강

시의 머리.

일반 강시의 약점이 머리라는 것을 알고 있는 그녀였기에 고집스레 머리를 노리고 있을 터였다.

하지만 대정신공의 정심한 진기가 담긴 불장에 연거푸 몇 번씩이나 얻어맞았음에도 혈강시는 전혀 타격을 받은 기색이 아니었다.

그그극.

그에 반해 검마 노인이 휘두르는 역린검은 특별히 한 곳을 노리는 것이 아니라 혈강시의 전신을 골고루 두드리고 있었다.

혹시나 있을지도 모를 혈강시의 약점을 찾기 위해 펼치는 공격이었지만, 혈강시는 역린검이 만들어내는 백색 섬광을 전혀 두려워하지 않았다.

지치지도 않는 듯 시간이 흐를수록 더욱 강한 귀기를 뿜어 내는 혈강시의 주먹이 매서운 파공음과 함께 아미성녀를 향해 쇄도했다.

지나치게 흥분했을까.

불장으로 혈강시의 머리를 힘껏 후려친 아미성녀가 뒤로 물러나는 움직임이 조금 늦었다.

그래서 완전히 피하기는 늦었다고 판단한 듯 아미성녀가 왼손을 뻗어 혈강시의 권력을 마주했다.

난화불영수.

어지러운 손그림자가 몇 겹이나 되는 장벽을 만들어내며 혈강시의 주먹에 실린 경력을 흩어내려 했지만 역부족이었다.

뒤늦게 검마 노인이 역린검을 뻗어 도우려 했지만, 아미성녀는 이미 모두 풀어내지 못한 경력으로 인해 비틀거리며 뒤로 물러나고 있었다.

쿨럭.

선혈이 섞인 기침을 토해내고 있는 아미성녀를 살피던 사무진의 귓가로 역린검이 혈강시의 복부를 긁고 지나가는 소리가 들렸다.

'위험해!'

두 사람이 합공을 펼쳤음에도 불구하고 감당하지 못하던 혈강시였다.

그런데 아미성녀가 내상까지 입었으니 상황이 더 어려워질 것은 불을 보듯 뻔했다.

'약점을 찾지 못하면… 어려워!'

답답한 한숨을 내쉬던 사무진이 순간 눈을 빛냈다.

혈강시의 얼굴이 순간 찡그려졌다 펴지는 것이 보였다.

잘못 본 걸까.

아니, 잘못 본 것은 아니었다.

분명히 고통스러워하는 표정이었다.

아무래도 조금 전, 검마 노인이 휘두른 역린검에 어딘가를 얻어맞은 후 고통을 느낀 것이 틀림없었다.

그리고 처음으로 사무진의 입가에 미소가 번졌다.

고루신마가 장담했던 대로 혈강시가 강시불사공을 대성한 진짜 금강불괴라면 저런 고통조차 느끼지 않을 터였다.

그러나 혈강시는 분명 고통을 느꼈다.

다시 말해 눈앞의 혈강시는 금강불괴가 아니라는 뜻이었고, 어딘가에 약점이라고 할 부분이 있을 터였다.

'어딜까?'

하지만 명확하지 않았다.

검마 노인이 어디를 때렸을 때 혈강시가 고통을 느꼈는지를 확인하지 못했다.

마음 같아서는 검마 노인에게 다시 한 번 혈강시의 전신을 차례대로 공격해 보라고 부탁하고 싶었다.

하지만 그것은 무리였다.

혼자서 혈강시를 상대하는 상황에 처하면서 검마 노인의 움직임은 가뜩이나 위축된 상황이었다.

더 이상 검마 노인에게만 맡겨둘 수 없다는 생각이 들었다.

그래서 사무진이 합류하기 위해서 나서려는 찰나, 아미성녀가 다시 대결에 합류하는 것이 보였다.

"버틸 만해요?"

창백하게 변한 안색.

가뜩이나 많은 주름이 갑자기 더 늘어난 것처럼 느껴지는 아미성녀는 금세 몇 년은 더 늙은 것처럼 보였다.

대답할 여유조차 없는 걸까.

가볍게 고개를 끄덕이는 것으로 대답을 대신하고 있는 아미성녀를 보던 사무진이 무릎을 쳤다.

왜 지금까지 생각하지 못했을까.

중요하지 않다고 생각했다.

그리고 쓸모없는 것이라 생각했다.

그래서 은연중에 기억 속에서 잊고 있던 무공이 떠올랐다.

석벽의 아픔을 살피는 법.

원래는 투영마안(投影魔眼)이라는 그럴듯한 이름이 있었지만, 사무진은 그 이름조차 잊은 지 오래였다.

다만 석벽의 아픔을 살피는 법이라고만 기억하고 있었다.

"힘들다는 것 아는데 조금만 더 버텨봐요. 어쩌면… 저 괴물을 상대할 방법을 찾을 수 있을지도 모르니까!"

어차피 대답이 돌아오기를 바란 것은 아니었다.

힘껏 소리친 사무진이 혈강시를 노려보았다.

"주변을 잊고, 세상을 잊고, 그리고 나라는 존재까지 잊고

바라보자!'

주문처럼 외우는 이야기.

어느 순간, 사무진의 눈이 게슴츠레하게 변했다.

그리고 주변 사물이 서서히 사라져 갔다.

역린검이 만들어내는 백색 섬광도, 아미성녀가 휘두르는 불장도 지워졌다.

보이는 것은 오직 혈강시뿐.

마침내 투영마안이 제대로 펼쳐지며 혈강시의 전신을 살피고 난 후, 사무진이 심각한 표정으로 입을 뗐다.

"쓰벌, 인간이 아니네."

고루신마는 거짓말을 한 것이 아니었다.

투영마안을 통해 살핀 혈강시의 전신은 피처럼 붉었다.

희대의 살인마들보다도 훨씬 더 짙은 붉은색.

"내가 잘못 본 건가? 진짜 금강불괴인가?"

맥이 빠졌다.

그래서 힘없이 고개를 돌리려던 사무진이 다시 눈을 빛냈다.

신형을 돌리는 혈강시의 등 부근의 색깔이 달랐다.

다른 곳은 더 이상 짙을 수 없을 정도로 붉었는데 왼쪽 어깨에서 검지손가락 길이만큼 아래로 내려온 부분은 달랐다.

피처럼 붉은색이 아니라 주황색이었다.

"찾았다!"

투영마안을 풀었다.

사무진이 잘못 봤던 것이 아니었다.

혈강시는 검마 노인이 휘두르는 역린검에 바로 저곳을 얻어맞고서 고통을 느꼈던 것이었다.

이제는 답을 찾은 셈이었다.

혈강시의 전신 중에 단 한 군데 있는 약점을 찾았으니, 저 한곳만 노리고 공격하면 되는 것이었다.

지체하지 않고 자운묵창을 꺼내 든 사무진이 검마 노인과 아미성녀의 곁으로 다가가며 소리쳤다.

"약점을 찾았어요."

"……?"

"……?"

"어디냐면… 바로 여기죠."

자신만만한 표정을 지은 채 사무진이 내지른 자운묵창의 날카로운 창두가 혈강시의 약점을 파고들었다.

그그극.

하지만 달라진 것은 없었다.

매섭게 파고든 자운묵창은 혈강시의 몸에 자그마한 생채기도 남기지 못하고 그대로 튕겨져 나왔다.

"약점이라면서!"

"달라진 것이 없는데!"

영 미심쩍은 표정을 지은 채 아미성녀와 검마 노인이 동시에 소리쳤다.

그리고 그 시선을 접하고 민망한 듯 머리를 긁적인 사무진이 변명 대신 다시 한 번 자운묵창을 움직였다.

그극.

그그극.

연달아 다섯 번이나 자운묵창의 창두가 같은 지점을 찔렀다.

"혈강시에게 약점 따위는 없다!"

그런 사무진의 행동을 바라보던 고루신마가 코웃음을 쳤다.

그리고 자신있는 그의 외침이 터져 나올 때, 지금까지 어떤 공격에도 반응을 보이지 않던 혈강시가 처음으로 반응을 보였다.

물론 비명을 지르거나, 자운묵창의 창두가 단단한 몸뚱어리를 뚫고 들어가 상처를 낸 것은 아니었다.

혈강시가 보인 반응은 한 발을 뗀 것이 전부였다.

사무진이 약점을 노리고 다시 한 번 뻗어낸 자운묵창을 피하기 위해서.

그렇지만 그 자그마한 반응이 의미하는 것은 컸다.

지금까지 대단한 위력이 담긴 공격에도 피하거나 막으려는 움직임을 보이지 않았던 혈강시였기에.

그리고 이 자리에 모인 이들 중 지금 혈강시의 반응에 담긴 의미를 파악하지 못할 정도로 하수인 사람은 심 노인뿐이었다.

"교주님, 지금이라도 늦지 않았으니 도망치는 게 어떻습니까?"

"……."

"제 생각에는 다음에… 그러니까 다음에 몸 상태가 좋으신 날에 다시 만나 싸우는 것이 좋을 듯합니다."

금방이라도 눈물을 한 바가지는 쏟아낼 것처럼 잔뜩 인상을 쓴 채로 심 노인이 이야기를 꺼냈지만 사무진은 가볍게 무시했다.

대신 눈을 빛내고 있는 아미성녀와 검마 노인을 향해 입을 뗐다.

"그러니까 약점이라고 말하기는 했는데, 이걸 꼭 약점이라고 부르기도 좀 그러네요. 굳이 말하자면 조금 덜 단단한 부분이라고 할까요?"

마땅히 설명하기 어려웠다.

그래서 사무진이 대충 떠오르는 대로 말했지만, 아미성

녀와 검마 노인은 그 말에 담긴 의미를 이미 파악하고 있었다.

"혈강시의 신경을 분산시키는 것은 지금처럼 우리가 맡도록 하마. 그리고 나머지는 네게 맡기도록 하겠다."

그리고 노련한 노고수들답게 순식간에 혈강시와 어떻게 싸워야 할지에 대한 계획까지 만들어내고 있었다.

"그렇게 할까요?"

더 이상 말이 필요없다는 듯 검마 노인과 아미성녀가 다시 혈강시를 상대로 힘겨운 합공을 펼치기 시작했다.

그 모습을 보던 사무진도 기다리지 않고 자운묵창을 들어 올렸다.

"때리고 또 때리면 언젠가는 부서지겠죠."

쿨럭. 쿨럭.

붉은 선혈이 섞여 있는 기침을 토해내는 아미성녀의 입가가 붉게 변해 있었다.

입매를 타고 흘러내린 선혈이 앞섶까지 적시고 있었지만, 아미성녀는 여전히 쓰러지지도 않았고 불장을 손에서 놓치지도 않았다.

푹.

마병이라 불리는 역린검이 차가운 바닥에 꽂혀 있었다.

얼핏 보아도 위중한 내상을 입은 듯, 검마 노인의 안색은 핏기를 찾을 수 없을 정도로 창백했다.

하지만 그도 쓰러지지 않았다.

바닥에 틀어박은 역린검에 신형을 의지하고는 있었지만, 끝내 쓰러지지 않은 채로 고루신마를 바라보았다.

충격이 커서일까.

고루신마의 모습은 위태로웠다.

비틀거리며 힘겹게 걸음을 뗀 고루신마가 혈강시의 곁으로 다가갔다.

띠리링. 띠링.

혈강시의 일 장 앞에서 멈춘 그가 황금색 종을 흔들었다.

저러다 종이 부서지는 게 아닐까 하는 걱정이 들 정도로 거세게 흔들렸지만, 혈강시는 아무런 반응도 없었다.

그제야 현실을 깨달은 듯 고루신마가 손에 들고 있던 황금색 종을 바닥에 아무렇게나 던져 버렸다.

그리고 혈강시를 향해 손을 뻗었다.

어른 주먹만 한 구멍이 뚫려 있는 혈강시의 가슴에 그의 손이 닿았다.

온기가 느껴지지 않았다.

아니, 어차피 강시에게 온기가 있을 리 없었다.

그가 느끼려 한 것은 생기였다.

그런데 느껴지지 않았다.

단 한 줌의 생기도.

잠시 가슴에 머물던 그의 손이 천천히 위로 올라갔다.

그런 그의 손이 여전히 부릅뜨고 있는 혈강시의 눈으로 향했다.

"왜? 대체 왜?"

가늘게 떨리는 목소리가 흘러나왔다.

대답을 원하고 던진 말은 아니었다.

아무런 감정도 느껴지지 않는 무표정한 혈강시의 얼굴이 고통으로 인해 일그러져 있는 것이 안타까워서 던진 말이었다.

고루신마에게 있어 혈강시는 자식과 마찬가지.

아니, 자식 그 이상의 의미였다.

그런 혈강시가 이토록 지독한 고통 속에서 쓰러진 것이 그를 진심으로 후회하게 만들고 있었다.

"다 내 잘못이지."

기다렸어야 했다.

천중악의 죽음을 접했을 때 억지로 서두르지 말고 혈강시가 완성될 때까지 기다렸어야 했다.

그랬다면 이렇게 허망한 최후를 맞이하지는 않았을 텐데.

이 정도면 충분하다는 자만이 이런 결과를 초래한 것이었다.

그리고 하나 더 원인이 있다면, 사무진의 능력이 그의 예상을 벗어난 것이었다.

그런데 이상하게 원망이라는 감정이 깃들지 않았다.

복수해야겠다는 생각도 떠오르지 않았다.

지금 그의 머릿속을 가득 채우고 있는 감정은 지독한 허무함과 모든 것을 잃었다는 상실감뿐이었다.

"모두 끝났구나."

앙상하고 주름진 고루신마의 손이 부릅뜨고 있던 혈강시의 눈을 쓸어내렸다.

그리고 씁쓸한 웃음을 흘리고 있던 고루신마의 입가를 타고 돌연 붉은 선혈이 흘러내리기 시작했다.

모든 것을 잃었다고 생각해서일까.

스스로 심맥을 끊은 고루신마의 곁으로 놀란 사무진이 다가갔다.

고루신마는 모두 끝났다고 말했다.

그렇지만 아직 끝난 것이 아니었다.

사무진은 그에게 들어야 할 것이 있었다.

"아까 했던 말, 무슨 뜻이죠?"

"……?"

"어차피 돌아갈 곳이 없다는 말을 했잖아요?"

기억이 떠올랐을까.

생기가 급속히 사라져 가던 고루신마의 두 눈에서 다시 빛이 흘러나왔다.

"그랬… 지."

"그게 뭔 뜻이냐니까요?"

"안다고 해서… 달라질 것은 없다."

"대답이나 해요."

사무진이 다시 한 번 재촉했다.

그리고 그제야 고루신마가 입을 열었다.

"마교로 사연랑이… 움직였어."

'사연랑?'

대체 누굴까.

한 번도 들어본 적이 없는 이름이었다.

사연랑이라는 이름을 꺼낸 고루신마의 표정을 보면 무척이나 대단한 고수라는 짐작이 드는데도 모르겠다.

다행히 검마 노인과 아미성녀는 그 이름을 알고 있었다.

"혈랑여희?"

"남자도 여자도 아닌 요물?"

거의 동시에 두 사람의 입에서 흘러나온 이야기는 달랐지만, 한 사람을 지칭하는 것은 틀림없었다.

그리고 잔뜩 굳어져 있는 두 사람을 보며 사무진의 마음이
조급해졌다.

"그게 누군데요?"

그래서 질문을 던졌지만 대답은 돌아오지 않았다.

대신 검마 노인이 침중한 기색으로 입을 뗐다.

"마교가 위험하다!"

"왜요?"

"그 요물은 강하다."

검마 노인이 말하는 요물은 사연랑인 듯 보였다.

하지만 사무진은 마교가 위험하다는 검마 노인의 이야기
가 크게 와 닿지 않았다.

일단 혈랑여희 사연랑에 대해서 알고 있는 바가 없다는
것이 가장 큰 이유였고, 다음으로 그에게는 믿는 것이 있었
다.

비록 자신과 검마 노인이 마교를 떠나 있다고는 하나, 남아
있는 이들의 면면은 결코 약하지 않았다.

육마존 중 다섯이 남아 있었으니까.

"이대로… 마교는 씨가 마르겠군."

사연랑이라는 이름을 꺼낼 때 잠시 생기가 돌아왔던 고루
신마의 눈동자가 잿빛으로 변하며 유언처럼 한마디를 남겼
다.

"웃기는 소리. 희대의 살인마들이 다섯이나 남아 있는데 그 한 명을 감당하지 못할 리가 없어!"

말도 안 되는 소리라며 사무진이 소리쳤지만, 고루신마를 대신해서 검마 노인이 고개를 흔들었다.

왠지 불길한 느낌.

"뭐예요?"

"지금 마교에는… 아무도 남아 있지 않다."

"그게 대체 뭔 소리예요?"

"……."

"다 어디 갔는데요?"

"할 일이 있어서 모두 어딘가로 움직인 상황이다."

답답한 표정을 지은 채 검마 노인이 꺼낸 이야기를 듣고서 사무진이 눈을 크게 떴다.

그리고 화가 나서 소리쳤다.

"왜요?"

"……."

"왜 내 허락도 없이 멋대로 돌아다니는 거예요?"

"……."

"아무리 교주를 우습게 봐도 이건 아니잖아요. 이번에 돌아가면 진짜로 가만 안 있을 거예요."

"미안하다."

어두운 표정으로 미안하다는 말을 꺼내고 있는 검마 노인을 노려보던 사무진이 심 노인을 등에 업고서 신법을 펼치기 시작했다.

第七章 。
혈랑여희 사연랑

荷蒸乳蒸煎棄湯細賜笑福佑更王
至大改元四月佛浴道音廣為傳行
日弟子趙孟頫敬書長壁前形
老君演此真妙絡意

共同
傳人
공동전인

정마대전.

정파무림과 마교의 질기디질긴 악연.

그동안 정파무림과 마교 사이에는 수백 번이 넘는 충돌이 있었지만, 중인들의 기억에 마지막으로 남아 있는 큰 충돌은 약 백여 년 전에 벌어졌던 정마대전이었다.

어떤 사건이 발단이 되어서 그 싸움이 시작되었는지는 확실치 않았다.

마교 측에서는 정파무림이 먼저 그 싸움을 시작했다고 주장했고, 정파무림은 강호를 통째로 집어삼키려던 마교의 야욕 때문에 벌어졌다고 주장했다.

서로의 주장이 엇갈렸지만 대체 어느 쪽의 주장이 사실인지는 지금까지도 여전히 명확히 밝혀지지 않았다.

하지만 그 치열했던 싸움이 어떤 결과를 낳았는지는 그로부터 백여 년의 시간이 흐른 지금까지도 중인들의 뇌리 속에 깊이 각인되어 있었다.

피가 대지를 적셨다.

아니, 단순히 대지를 적신 것이 아니라 핏물의 강을 이루었을 정도로 정마대전에 참여했던 수많은 무인들이 죽었다.

정파무림의 무인들과 마교의 무인들을 가릴 것 없이 수많은 이들이 희생된 정마대전은 정확히 일 년의 시간이 흐른 후 조용히 막을 내렸다.

승자도 패자도 없는 싸움.

얻은 것은 없고 서로 잃은 것만 많았던 싸움.

마치 한바탕 길고 긴 악몽을 꾼 것 같은 찝찝함만을 남겼던 정마대전이 끝나고 백여 년이 흐른 지금, 다시 정마대전이 펼쳐지려 하고 있었다.

당대 무림맹주인 유정생의 독단적인 선택으로 인해서.

하지만 확실한 것은 백여 년 전에 펼쳐졌던 정마대전과 다르다는 것이었다.

마교와 정파무림은 결코 공존할 수 없는 관계. 그들이 우리가 힘겹게 가꾸고 지켜온 강호를 짓밟기 위해 준동하고 있다는 증거가 나왔소. 그래서 나는 마교의 힘이 더 강성해지기 전에 싹을 잘라야 할 필요가 있다는 것을 절실히 느끼고 있습니다. 강호의 질서를 어지럽히는 사악한 마교도들에게 우리 정파무림의 무서움을 보여주도록 합시다.

일단 그럴싸한 출사표가 없었다.

정마대전을 시작하기에 충분한 명분이 될 수 있는 증거를 몇 가지 조작하는 것쯤은 어려운 일이 아니었다.

그 조작된 증거를 통해 이번 정마대전의 당위성에 대해 일장연설을 늘어놓는다면 지지를 받기에 충분했을 터.

하지만 유정생은 끝내 준비해 두었던 출사표를 꺼내지 않았다.

아니, 출사표는커녕 정마대전에 대해서는 일언반구도 꺼내지 않고 수하들을 이끌고 무림맹을 떠났다.

더구나 그런 그가 함께 데리고 나온 무인들의 면면을 보면 과연 정마대전을 할 의사가 있는지조차 의심스러울 지경이었다.

무림맹이 자랑하는 네 개의 무력단체.

하지만 유정생은 그 네 개의 무력단체 중 단 한 곳만을 이끌고 움직였다.

주작단.

네 개의 무력단체를 비교하자면 가장 실력이 떨어진다고 할 수 있는 단체가 주작단인데, 그들을 모두 이끌고 나온 것도 아니었다.

주작단의 절반만을 이끌고 움직였다.

비록 마교의 위세가 이전과 비교할 수 없을 정도로 약한 것은 사실이지만, 그래도 지금 마교를 향해 움직이고 있는 무인들의 면면을 살피면 지나칠 정도로 간소하다는 느낌이 드는 것은 어쩔 수 없었다.

물론 이름만 대면 알 만한 몇몇 고수들이 섞여 있기는 했지만, 정마대전이라는 이름값에 어울리는 자들은 아니었다.

'대체 무슨 속셈일까?'

유정생의 명령으로 은신을 풀고 모습을 드러낸 허민규가 고개를 절레절레 흔들었다.

곁에서 모신 지 오랜 시간이 흘렀지만, 가끔씩은 유정생의 속내를 전혀 알 수 없을 때가 있었다.

"부탁이 있네."

그것은 지금도 마찬가지였다. 그가 다가가자마자 유정생이 꺼낸 이야기를 듣고서 허민규가 눈을 가늘게 떴다.

유정생의 입에서 흘러나온 단어가 명령이 아니라 부탁이

라는 것이 마음 한 구석을 찜찜하게 만들고 있었다.

그리고 그 불안감은 빗나가지 않았다.

"마교의 교주를 미리 만나고 오게."

마교의 교주를 만나라?

이상한 명령, 아니, 부탁이었다.

진짜 정마대전을 할 생각이라면 그냥 가서 마교를 쓸어버리면 될 텐데 미리 만날 이유가 뭐가 있을까. 그래서 대체 이말에 담긴 뜻이 무엇일까를 한참 고민하던 허민규가 슬그머니 고개를 돌려 시선을 피하며 입을 뗐다.

"담이라도 넘으라는 말씀입니까?"

"필요하다면."

"어려운 일입니다."

"그래서 명령이 아니라 부탁이라고 하지 않았는가?"

허민규가 알고 있는 바, 현재 마교의 담을 몰래 넘어 들어가는 데 성공하려면 마도삼기의 이목을 벗어나야 한다.

결코 쉬운 일이 아니었다.

그리고 그것을 모를 리 없는 유정생이 이런 부탁을 꺼내고 있는 이유는 역시 하나였다.

마교가 자리 잡고 있는 항주의 지척까지 다다랐음에도 불구하고 아직 결정을 내리지 못하고 갈등하고 있는 것이었다.

"가서 무엇을 하면 되겠습니까?"

"그냥 얼굴이나 보고 오게."

허민규가 어이없다는 눈빛으로 유정생을 바라보았다.

기껏 마교의 담을 넘으라 해놓고서 얼굴이나 보고 오라니.

"진심이십니까?"

"그렇… 네."

잠시 망설이다 흘러나온 유정생의 대답.

그러나 이제는 허민규도 유정생의 속내를 눈치챘다.

흔들리고 있는 유정생의 눈빛을 지그시 응시하던 허민규가 다시 입을 뗐다.

"왜 그랬는지 물어볼까요?"

"……."

"딱 한 가지. 이유만 물어보겠습니다."

"그럴… 까?"

가려운 곳을 긁어주어서일까.

잠시 표정이 밝아졌던 유정생이 힘껏 고개를 흔들었다.

"아닐세. 그냥 얼굴만 보고 돌아오게."

"그럼 그렇게 하겠습니다."

허민규도 더는 권하지 않았다. 그리고 뭔가 할 말이 남은 듯 망설이는 기색인 유정생의 시선을 외면한 채 허민규가 신형을 돌렸다. 딸자식을 가진 부모의 마음.

허민규도 자식을 가진 부모의 입장이었기에 지금 유정생

이 왜 저리 망설이는지 짐작할 수 있었다.

그래서 신형을 돌려 몇 걸음 걸어나가던 허민규가 다시 고개를 돌린 채 입을 뗐다.

"반쯤 죽여놓을까요?"

그 말이 너무 의외였던 듯 잠시 멍하니 바라보던 유정생이 피식 웃으며 대답했다.

"그럴 능력이나 되고?"

                    *   *   *

그리 굵지 않은 빗방울이 떨어졌다.

죽립을 눌러쓴 채 그 빗방울을 피하고 있던 장경이 짙은 먹구름으로 가득한 하늘을 올려다보며 입을 뗐다.

"비도 오는데 술이나 한잔하러 갈까?"

이렇게 비가 오는 날에는 아무 객잔이나 들러 떨어지는 빗방울을 바라보며 술을 마시는 것이 마도삼기의 오래된 습관 중 하나였다.

"그럴까?"

예상대로 윤극은 곧바로 화답했다.

그리고 당장 일어설 기세였지만 제원상은 달랐다.

내키지 않는다는 표정으로 떨어져 내리는 빗방울을 바라

보던 그가 한참 만에야 대답을 꺼냈다.

"우리가 술을 마시러 가면 마교는 누가 지키는가?"

"그야……."

"기분이 별로야."

"……?"

"아무래도 무슨 일이 생길 것 같아."

짐짓 심각한 표정으로 제원상이 말하자 장경이 피식 하고 실소를 흘렸다.

"재밌군."

"뭐가?"

"이젠 진짜 마교의 문지기가 된 것 같아서."

이번에는 마도삼기의 얼굴에 동시에 웃음이 떠올랐다.

"설마 여기 눌러앉게 될 줄은 꿈에도 몰랐군."

"그러게 말이야."

"이제 그만 떠날까?"

여전히 웃음을 지은 채 장경이 슬그머니 제안을 꺼냈지만 윤극과 제원상은 동시에 난색을 표했다.

"마땅히 갈 곳은 있고?"

"오늘처럼 비가 내리는 날에는 아직도 뼈가 욱신거려."

두 사람이 앞서거니 뒤서거니 하며 꺼낸 대답을 듣고서 장경이 쓴웃음을 머금었다.

"그럼 비가 그치면 떠날까?"

"이번 비는 쉽게 그칠 것 같지 않은데."

"그래, 그럴 것 같군. 그리고 생각해 보니 마땅히 갈 곳도 없군. 여기서 지냈던 시간도 나름 재미있었지."

예전의 전성기를 구가할 때의 마교였다면 감히 어느 누가 있어서 마교를 우습게 볼 수 있었을까.

하지만 지금은 아니었다.

삐딱한 시선으로 바라보며 시비를 거는 자들이 한둘이 아니었다.

물론 주제 파악을 할 줄 모르는 자들이 대부분이었지만.

심지어 항주 뒷골목에서 막싸움이나 벌이며 도토리 키재기나 다름없는 실력으로 자기들끼리 일인자와 이인자 자리를 놓고 다투며 재롱을 부리던 건달들까지도 어깨를 거들먹거리면서 걸어와서 시비를 걸 때도 있으니 더 말해 무엇할까.

사실 처음에는 귀찮았다.

뒷골목 건달들이 찾아와서 시비를 걸 때는 대체 우리가 여기서 뭘 하고 있는가 하는 회의가 든 때도 한두 번이 아니었다.

그래서 일부러 더 모질게 손을 썼던 적도 여러 차례 있었고.

그렇지만 시간이 점차 흘러가며 마교가 어느 정도 기반을 잡은 후부터는 상황이 조금씩 달라졌다.

뭐 주워 먹을 것이 없나 하고 어슬렁거리던 뒷골목 건달 놈들은 아예 코빼기도 보이지 않았고, 하루가 멀다 하고 찾아왔던 어중간한 무인 놈들도 뜸해졌다.

요즘에는 누구라도 좋으니까 가끔씩 찾아와서 무료함을 달래주었으면 좋겠다는 생각까지 들 정도였다.

그런 과정을 겪으며 지금에 이르게 되니, 굳이 말로 표현하지는 않았지만 장경의 가슴속에 뿌듯한 감정이 깃들기 시작했다.

비록 예전에도 마교라는 단체에 적을 올리고 있었지만 그때와는 달랐다.

뭐랄까.

이전에는 단 한 번도 소속감이라는 것을 느끼지 못했었는데 지금은 달랐다.

고작 문지기라는 하찮은 직책에 불과하나 자신이 몸담고 있는 새로운 마교의 위상이 올라간다는 사실이 은연중에 그런 뿌듯함을 느끼게 만들어준 것이었다.

굳이 입을 열어 표현하지는 않았지만 그것은 윤극과 제원상도 마찬가지일 터였다.

"뭐 하나 거칠 것 없이 세상을 돌아다니던 그 시절도 괜찮았지만… 솔직히 지금도 나쁘지 않군."

"그러게 말이야."

"게다가 조금 심심할 만하면 흥미로운 일이 생기니 더욱 좋군."

바닥에 주저앉은 채 화답하던 제원상이 슬그머니 신형을
일으켰다.

그런 그의 얼굴은 잔뜩 굳어져 있었다.

그리고 그것은 장경과 윤극도 마찬가지였다.

지척으로 다가온 위험도 느끼지 못할 정도로 감이 녹슬지
는 않은 것이다.

"도망칠까?"

반쯤 몸을 일으킨 뒤 엉거주춤한 자세로 멈추어 선 제원상
이 장경과 윤극을 바라보며 입을 뗐다.

"갈 곳도 없다니까."

잠시도 망설이지 않고 돌아온 장경의 대답.

"문지기가 도망치면 이제 겨우 기반이나마 잡은 마교는 누
가 지킬까?"

뒤이어 흘러나온 윤극의 이야기를 듣고서 제원상이 희미
한 미소를 머금었다.

"왠지 기분이 안 좋더니만."

"……?"

"……?"

"저 늙어 죽지도 않은 요물을 다시 만나게 되었군. 빌어먹
을."

한눈에 들어오는 화려한 붉은 궁장을 입고 엉덩이를 살랑살랑 흔들며 걸어오는 사연랑을 바라보던 제원상이 얼굴을 일그러뜨렸다.

"호호, 여기서 다시 만나네."

투명하리만큼 하얀 손으로 입을 가린 채 웃던 사연랑이 잔뜩 얼굴을 찌푸리고 있는 제원상에게 끈적끈적한 시선을 던졌다.

"여태 안 죽었구려."

그 부담스러운 시선을 받은 제원상이 퉁명스레 대꾸했지만, 사연랑은 다시 한 번 웃음을 터뜨렸다.

"글쎄 말이야. 잘 안 죽네."

"원한다면 내가 그 질긴 목숨을 끊어주겠소."

"어머, 무서워라. 깔깔."

철부지 소녀처럼 두 손을 들어 입을 가리고 웃던 사연랑이 양볼을 붉혔다.

"죽고 싶어도 죽을 수가 없었어."

"……?"

"자기가 보고 싶어서."

교태로운 목소리.

한쪽 눈을 감았다 뜨며 사연랑이 꺼낸 이야기를 듣고 제원상의 얼굴이 더욱 일그러질 때 윤극이 놀란 표정으로 돌아보았다.

"자기?"

"어머, 몰랐어? 제 대협이 날 위해서 딸랑딸랑 방울 소리를 내면서 밤새도록 춤을 추었던 적도 있었는데."

"진짜야?"

도저히 믿을 수 없다는 표정으로 확인하듯 장경이 되물었지만 제원상은 부인하는 대신 고개를 푹 수그렸다.

"여잔 줄 알았어."

한참 만에야 기어들어 가는 목소리로 제원상이 변명을 꺼냈다.

하지만 그 정도 변명을 듣고 순순히 넘어갈 장경과 윤극이 아니었다.

"저 요물을 보고 여잔 줄 알았어?"

"술에 만취했었어."

"아무리 술에 취했더라도 턱밑에 거뭇하게 자라 있는 저 수염도 못 봤다는 것은 어떻게 설명할 거지?"

"칠흑처럼… 어두운 밤이었어."

"그걸 변명이라고 꺼내는 건가?"

"그게……."

짤막한 한숨을 내쉰 제원상이 힘없이 대답했다.

"난 죽어도 싸."

그리고 그제야 장경과 윤극이 놀리던 표정을 지우고 고개를 끄덕였다.

"죽음으로 죗값을 치러."

"남은 변명은 저승에 가서 듣지."

마도삼기가 희미한 웃음을 머금은 채 서로 시선을 교환했다.

상황이 좋지 않다는 것은 모두 알고 있었다.

마교의 교주인 사무진도 지금 자리에 없었고, 육마존도 약속이라도 한 듯 어디론가 떠난 뒤 아직 돌아오지 않았으니까.

이런 상황에서 혈랑여희 사연랑이 찾아온 것을 확인한 순간, 마도삼기는 이미 목숨을 버릴 각오를 했다.

"어머, 날 막으려고?"

그런 마도삼기를 바라보던 사연랑이 재미있다는 표정을 지었다.

"저놈과 함께 온 걸 보니 좋은 의도로 찾아온 것 같지는 않으니까. 마교의 문지기로서의 임무에 태만할 수는 없지."

"저놈?"

"옆에 있는 놈 말이야. 지난번에 꽁지에 불붙은 멧돼지처럼 도망치던 모습이 아직 눈에 선한데 겁도 없이 다시 찾아왔잖아."

장경의 말이 끝나자 호중천의 표정이 싸늘하게 굳어졌다.

"감히 네깟 놈들이……."

"호부(虎父) 밑에 견자(犬子) 없다. 호랑이가 개새끼를 낳는 법은 없다는 옛말은 틀렸군. 교주님과 장로님들이 자리를 비웠다는 소식을 어디선가 듣고서 쫄래쫄래 찾아오는 모양새가 영락없이 냄새를 맡고 기웃거리는 쥐새끼와 다를 바가 없으니 말이야. 어이, 요물. 저런 놈 뒤나 닦아주는 게 부끄럽지도 않아?"

"요물이 아니고 소녀라고 불러줘. 깔깔. 사실 나도 부끄럽긴 한데 뭐 어쩌겠어? 먹고살려면 별수없지."

"고작 마교의 문턱이나 지키고 있는 놈들이 그따위 말을 하고도 살아남을 수 있을 것이라 생각하느냐?"

호중천이 화를 참지 못하고 소리를 질렀다.

사연랑의 말투가 귓가에 거슬리기는 했지만 그에게 따질 수는 없었다.

그래서 대신 마도삼기를 향해 노성을 토해냈지만 장경은 겁을 집어먹는 대신 코웃음을 쳤다.

"그렇게 화가 나면 계집애처럼 소리만 빽빽 지르지 말고 덤벼보던가?"

"그러면 내가……."

"비록 지금은 네놈의 말처럼 마교의 문지방이나 지키고 있는 신세지만……."

"……?"

"우리 마도삼기야."

마도삼기라는 이름이 주는 무게.

그 무게는 결코 가볍지 않았다.

당장에라도 마도삼기를 향해 달려들어 살초를 뿌려댈 기세였던 호중천은 미간만 찌푸렸을 뿐, 함부로 움직이지 못했다.

그런 그를 힐끗 살핀 사연랑의 입가로 차가운 웃음이 떠올랐다가 사라졌다.

"아, 무서워라. 난 혈랑여희라고 하는데."

호중천을 대신해서 사연랑이 한 걸음 앞으로 나섰다.

교태를 부리는 듯했지만, 경박스럽게만 느껴지는 말투.

하지만 혈랑여희라는 별호가 주는 무게가 무거운 것만은 사실이었다.

그래서 마도삼기가 경시하지 못하고 잔뜩 굳은 표정으로 바라볼 때, 사연랑이 다시 입을 뗐다.

"도망치지?"

"……"

"예전부터 겁을 집어먹고 도망치는 것이 특기였잖아. 이번에도 그렇게 해. 지금 도망친다면 살려줄게."

사근사근한 목소리로 꺼낸 제안.

무척이나 달콤한 제안이었지만 마도삼기는 고개를 흔들었다.

"그러고 싶은데… 그럴 수가 없어."

"왜?"

"마땅히 갈 곳도 없을뿐더러… 지금 도망쳤다가 나중에 교주님의 손에 잡혀서 얻어맞는 것보다는 죽어도 여기서 죽는 게 낫겠어."

마도삼기가 각자의 병기를 꺼내 들었다.

"그럼 죽어야겠네."

불어오는 바람에 실린 힘을 견디지 못하고 살랑거리는 치맛자락.

하얀 손으로 입을 가리고 웃는 사연랑은 얼핏 양갓집에서 곱게 자란 소녀처럼 보였다.

하지만 마도삼기는 긴장을 늦추지 못했다.

사연랑은 무서운 자.

비록 소녀 같은 외모로 인해 감추어져 있었지만 내면은 이글거리는 야수성으로 가득 차 있는 자였다.

혈랑여희.

피에 굶주린 늑대.

그 별호가 어느 누구보다 잘 어울리는 자가 바로 사연랑이었다.

짙은 화장으로도 감추지 못하는 거뭇한 수염은 그의 내면에 감추어져 있는 야수성을 드러내는 것인지도 몰랐다.

"호호호!"

간드러지는 웃음 소리가 흘러나왔다.

고막을 타고 흘러들어 와 내부까지 자극시키는 웃음 소리가 사라지기도 전에, 핏빛 궁장을 입은 사연랑이 움직였다.

십여 장이 훌쩍 넘는 거리가 순식간에 좁혀졌다.

워낙 빠른 신법 때문일까.

아니면 바람에 날려 하늘거리고 있는 붉은 궁장 때문일까.

그가 지나온 자리에는 잔상만이 길게 남아 있었다.

슈아악.

가장 먼저 다가간 것은 장경이 휘두른 도신.

신기루처럼 몇 자루로 불어난 도신들이 떨어져 내렸지만 그 도신들은 사연랑이 아니라 빈 공간만을 베고 지나갔다.

쐐애액.

다음으로 휘둘러진 것은 윤극의 검.

마섬검이라는 별호답게 그의 검은 빨랐다.

아래로 늘어뜨려져 있던 검신이 움직였다 싶은 순간, 어느새 사연랑의 가슴 부근을 깊숙이 베고 지나가고 있었다.

그 검에 의해 반으로 잘려 나가는 사연랑의 신형.

그러나 윤극의 표정은 어두웠다.

손끝에 닿는 느낌이 없었다.

사연랑을 베고 지나갔다고 생각했던 것은 착각에 불과했고, 그의 검이 벤 것은 단지 허상뿐이었다.

딸랑딸랑.

마지막으로 제원상의 양손에 들려 있던 두 자루의 혈겸이 사선을 그리며 그어졌다.

핏빛 잔상을 남기며 떨어져 내리는 혈겸에는 무지막지한 위력이 담겨 있었지만 사연랑의 신형에 닿진 못했다.

본래의 궤적조차 완전히 그려내지 못한 채 투명하리만큼 하얀 양손에 두 자루의 혈겸은 잡혀 있었다.

실핏줄마저 그대로 드러날 정도로 하얀 손은 너무나 약해 보였지만, 닿는 것은 모조리 베어버리는 마병인 혈겸을 움켜 쥐었음에도 자그마한 생채기조차 없었다.

예상치 못한 상황에 당황해서일까.

상대의 손에 잡혀 있는 혈겸을 빼내기 위해서 힘을 더하는 제원상의 얼굴이 붉게 달아올랐을 때, 사연랑이 불쑥 앞으로 얼굴을 들이밀었다.

"살려줄까?"

"……."

"날 아직도 좋아한다고 한마디만 해줘. 그러면 살려줄 테니까."

"미친년, 아니, 미친놈!"

"난 여자라니까!"

지금까지 나긋나긋한 목소리만을 흘리던 사연랑의 입에서 예상치 못한 고성이 터져 나왔다.

그와 동시에 붉은 궁장의 치맛자락이 들춰지며 당혜를 신고 있는 자그마한 발이 모습을 드러내 제원상의 가슴을 걸어 찼다.

퍼억.

두 손으로 혈겸을 움켜쥐고 있다가 당한 불의의 일격.

아니, 좀 더 정확히 말하면 미리 대비했다 하더라도 감히 피하거나 막을 수 있다고 자신할 수 없을 정도로 빠른 공격이었다.

가슴을 걸어차인 제원상이 바닥을 뒹구는 순간, 사연랑은 그 반동을 이용해 신형을 허공에서 뒤집으며 투명한 양손을 휘둘렀다.

떵.

띠잉.

사연랑의 등을 노리고 밀어 넣었던 장경의 도신과 윤극의 검신이 거의 동시에 사연랑의 양손과 부딪친 후 튕겨 나갔다.

바르르.

사연랑의 양손과 부딪친 충격이 적지 않은 듯 검신과 도신이 가늘게 떨렸다.

"아이, 왜 이렇게 서둘러?"

도무지 종잡을 수 없는 사연랑의 행동.

조금 전, 고막이 찢어질 정도로 고성을 질렀던 사연랑은 언제 그랬냐는 듯 만면에 미소를 머금은 채 사근거리는 목소리를 흘리고 있었다.

그런 그에게서 시선을 떼지 않으며 마도삼기가 은밀히 시선을 교환했다.

순식간에 스쳐 지나간 공방.

단 한 번의 부딪침에 불과했지만, 사연랑의 무서움은 충분히 느낄 수 있었다.

그리고 자신들이 합공한다 해도 우세를 점하기 어렵다는 것도 확인할 수 있었다.

"그럼 먼저 들어가 있겠습니다. 천천히 놀다 오시지요."

그래서 잔뜩 긴장하고 있는 마도삼기의 귓가로 호중천의 목소리가 들려왔다.

"응, 일공자는 먼저 들어가. 내가 없어도 백사단 애들과 함께라면 충분히 재미나게 놀 수 있을 거야. 호호."

기분 나쁜 웃음 소리.

그렇지만 마도삼기는 그 웃음 소리가 거북하다는 생각조차 하지 못했다.

사연랑이 꺼낸 이야기 도중 흘러나온 백사단이라는 이름이 마도삼기의 얼굴을 굳어지게 만들었다.

[우리 목숨만으로 끝나지 않겠군.]

장경이 전음을 날렸지만 윤극과 제원상에게서는 아무런 대답도 돌아오지 않았다.

하긴 어떤 답이 있을 리 만무했다.

지금 상대하고 있는 사연랑조차도 감당하기 어려운 상황인데, 백사단이 움직이는 것을 무슨 수로 막을까.

잔뜩 굳어진 마도삼기의 곁을 스쳐 가는 호중천의 입가로 차가운 미소가 스치고 지나갔다.

*   *   *

"몸을 가볍게 만들어라. 마치 바람의 힘도 견디지 못하고 날아가는 깃털처럼 가볍게. 그리고 발을 내딛는 것은 사뿐히, 마치 꽃잎 위에 앉았던 나비가 인기척에 놀라서 날갯짓을 하며 벗어날 때처럼. 진기의 흐름에 신경 쓰며 땅을 밀어내듯이 박차라. 가장 중요한 것은 의지다. 천하에 어디라 하더라도 어떠할까. 지금 네게 가려는 의지가 있는데 가지 못할 곳이 어디 있을까."

도망가지 않는다고 약속했다.

절대 도망가기 위해서 배우는 것이 아니라고 약속한 후에 신법을 펼치는 법을 가르쳐 달라고 하자 아미성녀는 마침내 입을 열었다.

휙. 휙.

주변 경관이 빠르게 뒤로 밀려난다.

귓가를 스치는 바람 소리.

겁에 질려서인지 아무런 말도 하지 못하고 등을 꽉 움켜쥐고 있는 심 노인의 손에 잔뜩 힘이 실려 있는 것을 보니, 지금 펼치고 있는 신법이 빠르기는 한 모양이었다.

하지만 사무진의 마음은 급하기만 했다.

더 빨리, 조금이라도 더 빨리 도착해야만 했다.

만약 늦는다면, 그래서 모두 끝나 버리고 난 후에 도착하게 된다면 평생을 후회하게 될 것 같았다.

"기다려요. 금방 갈 테니까."

하나씩 스쳐 지나가는 얼굴들.

그들이 말하고 있었다.

빨리 오라고.

죽을힘을 다해서 버티고 있으니 최대한 빨리 오라고.

무겁다.

다급한 표정을 지은 채 소리치고 있는 그들의 이야기들을 듣다 보니 처음으로 어깨가 무거워진다.

책임이라는 단어가 주는 무게.

지금까지 애써 피하려 했던 책임이라는 무게를 정면으로 짊어지니 허리를 제대로 펼 수 없을 정도로 무겁다.

책임이라는 것이 이토록 무거웠던가.

"조금만, 조금만 기다려 줘요."

어깨는 무거운 책임이라는 단어에 짓눌리지만 내딛는 발걸음은 더욱 빨라진다.

사무진이 피가 날 정도로 지그시 입술을 깨물었다.

*　　　　*　　　　*

'기우로 끝나지 않았군.'

홍연민이 탄식을 토해냈다.

낯익은 얼굴.

이제는 익숙한 느낌마저 드는 호중천의 얼굴이 보였다.

그는 여유롭게 정문을 통해서 걸어 들어왔다.

그리고 그의 뒤를 따라 족히 일백은 되는 무인들이 들어서는 것을 보며 홍연민은 가슴이 답답해졌다.

저들이 당당하게 정문을 통해 걸어 들어오고 있다는 것은 마도삼기가 길을 열어주었다는 뜻이었다.

그 뜻은 마도삼기가 당했거나 아니면 그들의 능력으로서

도 쉽사리 몸을 뺄 수 없는 강한 자를 상대하고 있다는 것이었다.

'혈랑여희 사연랑!'

마도삼기가 상대하고 있을 사연랑을 떠올리던 홍연민의 눈빛이 어두워졌다.

마도삼기는 강하다.

비록 지금이야 사무진의 눈밖에 나서 마교의 정문을 지키는 문지기라는 하찮은 역할을 맡고 있지만 그들이 만약 다른 곳에 간다면 이런 대접을 받을 리 없다.

현 강호에 존재하는 어느 문파에 간다 해도 장로 이상의 직책을 꿰찰 수 있을 정도로 강한 무공을 소유하고 있는 자들이 마도삼기다.

하지만 상대가 사연랑이었다.

사도맹주 호원상조차도 한 수 접어준다는 실력을 가진 혈랑여희 사연랑.

마도삼기가 아무리 강하다 해도 사연랑이 쌓은 명성에는 부족했다.

"하아."

호중천과 함께 들어온 이들이 은연중에 살기를 뿜어내고 있는 것을 마주하고서 홍연민은 길게 탄식을 토해냈다.

무공을 익히지 않은 홍연민으로서는 상대가 얼마나 강한

지 정확히 예측하는 것이 어려웠다.

하지만 그런 그로서도 지금 들어선 이들이 강하다는 것을 느낄 수 있었다.

은연중에 뿜어내고 있는 살기부터가 달랐다.

'어렵군!'

불안했었다.

급한 일이 있다는 말만 남기고 육마존들이 일제히 마교를 빠져나갈 때, 그는 차마 잡지 못했다.

그저 배웅하듯이 서서 멀어지는 그들의 등을 바라볼 때 불안한 느낌이 들었는데 역시 기우로 그치지 않았다.

그래서 답답한 표정을 짓고 있던 홍연민의 머릿속에 사무진이 분한 표정으로 토해내던 불평이 떠올랐다.

"무림맹에 속해 있는 놈들이 얼마나 대충 일하는지 알잖아요. 아, 오해하지는 말아요. 꼭 내가 억울한 일을 당해서 이런 말을 하는 게 아니라 사실이거든요. 복지부동은 기본이고 책임감도 하나도 없고 창의성이라고는 것은 눈곱만큼도 찾아볼 수 없잖아요. 아주 빌어먹을 놈들이죠."

빌어먹을 놈들이라는 그 표현이 옳았다.

홍연민이 이런 일이 벌어질지도 모른다고 우려했는데 어

느 누구보다 경험이 풍부한 뇌마 어르신이 예측하지 못했을 리가 없었다.

그래서 무림맹주에게 직접 부탁했었다.

사도맹의 이목을 가려달라고.

하지만 무림맹은 제대로 이목을 가려주지 않았다.

그게 무림맹 놈들이 대충 일처리를 해서인지, 아니면 마교를 곤경에 처하게 만들기 위한 의도적인 움직임이었는지 몰라도 결국 이런 결과를 초래했다.

"오래간만이군."

누구한테 하는 인사일까.

여유있게 팔짱을 낀 호중천이 던지는 인사를 듣고서 뒤로 고개를 돌렸던 홍연민은 한참 만에야 그 인사가 자신을 향한 것이었다는 사실을 깨달았다.

"나… 한테 한 건가?"

"그렇지. 그쪽이 군사라고 알고 있는데. 지금 마교에서는 군사인 그쪽이 가장 높은 위치에 있는 게 아닌가?"

딱히 틀린 말은 아니었다.

그런데 일단 부아가 치밀었다.

새파랗게 젊은 놈이 반말을 찍찍 내뱉는다는 사실이.

갑자기 심 노인이 생각났다.

"아직 대가리에 피도 안 마른 어린 놈의 새끼가 어디서 반말을 찍찍 내뱉고 지랄이야? 아예 혓바닥을 반 토막으로 잘라내 줄까?"

아마 심 노인이 이 자리에 있었다면 틀림없이 얼굴을 시뻘겋게 물들인 채로 이렇게 소리질렀을 텐데.

하지만 원래 개똥도 약에 쓰려면 없는 법이었다.

평소에는 그의 심장을 몇 번이나 덜컥 내려앉게 만들었던 심 노인의 망발이 그리워질 줄은 꿈에도 몰랐는데…….

호중천의 눈빛을 마주하고서 뒤로 물러나려다가 멈추고 오히려 한 걸음 앞으로 내디뎠다.

사실 무서웠다.

심장이 벌렁벌렁거릴 정도로.

"나쁜 놈, 아니, 교주."

그리고 후회가 되었다.

그때, 그 감언이설에 속아서 마교에 눌러앉아 군사라는 자리를 맡은 것이.

그 손길을 뿌리치고 강호를 떠돌았다 하더라도 지금보다는 나았을 텐데.

결국 이렇게 안타까운 최후를 맞이하는구나 하는 탄식을 하며 홍연민은 억지로 크게 숨을 들이켜며 배에 잔뜩 힘을 주었다.

까짓것 한 번 죽지, 두 번 죽는 것은 아니었다.

이미 죽음을 각오했는데 못할 말이 뭐가 있을까 하는 생각이 들었다.

"망발해 버려!"

그 순간 기억 속에서 사라졌던 심 노인이 다시 나타났다.

그리고 실실 웃는 심 노인이 속삭이고 있었다.

지금이 기회라고.

그래서 용기를 냈다.

두 주먹을 꽉 움켜쥔 홍연민이 힘껏 소리쳤다.

"다음에 다시 오면 안 될까?"

第八章

왜 웃지?

荷蘸乳蒸煎棗湯細腸主福佑弟子王
至大改元四月佛浴道音廣為傳行
日弟子趙孟頫敬書長庭前乘
老君演此真妙徑竟

共同
傳人
공동전인

"왜 그래야 하지?"

"그러니까… 어떻게 말을 시작해야 할까? 자고로 사내란 정정당당해야 진정한 대장부가 아니겠는가?"

"재밌군."

"응? 뭐가 재밌단 말인가?"

"마교의 군사의 입에서 정정당당이란 단어가 흘러나오는 게 우습군."

"고정관념이라네. 직접 보면 알겠지만 지금 마교에는 교주님도 없을뿐더러 육마존, 아니, 칠마존께서도 안 계시네."

"그래서?"

"노골적으로 말해서 지금 마교는 빈껍데기만 남아 있다고 해도 과언이 아닐세. 대체 이런 마교를 쳐서 무얼 얻겠는가? 물론 마교를 멸문시킬 수는 있겠지. 하지만 분명히 좋은 얘기도 나오지 않을 걸세. 그건 자네를 비롯한 사도맹에도 역효과지."

슬슬 입이 풀렸다.

처음에는 긴장으로 인해서 제대로 입을 떼기도 힘들었는데 지금은 말이 술술 나오기 시작했다.

지금까지 세 치 혀로 험난한 강호를 질타해 온 것이 홍연민이었다.

"듣고 보니 그럴듯하군."

게다가 호중천은 귀가 얇은 듯했다.

조금만 더 설득하면 싸우지 않고 넘어갈 방법도 있을 것 같다는 생각이 들어서 홍연민이 다시 혀를 부지런히 놀리기 시작했다.

"사실 말이야 바른 말이지. 지금 마교가 어디 제대로 된 마교인가? 천하제일세라 불리는 사도맹에서 굳이 건드리지 않아도 스스로 무너지기 일보 직전이라네. 이건 비밀인데 내분이 심각하거든."

"내분?"

"장담하겠네. 가만히 두더라도 마교는 일 년을 버티지 못하고 내분으로 자멸할 걸세."

"자멸이라."

"그러니까 아까 했던 부탁대로 그냥 돌아가는 게 어떤가?"

"흐음."

여전히 팔짱을 낀 채 호중천이 고민에 잠겼다.

그리고 그것을 보고 잔뜩 기대하고 있던 홍연민의 귓가로 호중천이 덧붙이는 말이 들려왔다.

"하핫, 역시 마교는 이상한 놈들만 모인 곳이로군."

기가 막히다는 표정을 지은 채 호중천은 호쾌한 웃음을 터뜨렸다.

그제야 그 기대는 헛된 것이었고, 호중천이 자신을 가지고 놀았다는 사실을 깨달은 홍연민의 얼굴이 붉게 달아올랐다.

어느 정도 예상했지만 역시 씨도 먹히지 않았다. 이젠 어떻게 해야 할까를 고민하고 있던 홍연민이 누군가 다가온다는 것을 느끼고 고개를 돌렸다.

그리고 그곳에는 예상치 못했던 장하일이 서 있었다.

"장 호법이 왜?"

"그만하시게."

"……?"

무슨 말을 하려는 걸까.

갑자기 불길한 느낌이 들어 홍연민이 말리려고 했지만, 장하일이 더 빨랐다.

"다 죽여줄까?"

홍연민의 입가로 탄식이 새어 나왔다.

머릿속이 새하얗게 변했다.

그리고 어쩌면 호중천이 조금 전에 했던 말이 맞을지도 모른다는 생각이 들었다. 심 노인은 물론이고 장하일까지.

마교에는 상황 파악이라고는 전혀 할 줄 모르는 이상한 자들만 잔뜩 모여 있었다.

"다 죽여도 되나?"

허락이라도 받겠다는 듯이 다시 질문하고 있는 장하일을 보던 홍연민이 눈을 질끈 감아버렸다.

이미 늦었다.

이제 와서 무슨 수습을 할까.

상황이 이렇게 된 바에는 싸우는 수밖에 없었다.

"할 수만 있다면 다 죽이시게. 싸그리 한 놈도 남김없이!"

열변을 토하고 나니 막혔던 속이 뻥 뚫린 것처럼 시원했다.

그리고 그제야 지금껏 보이지 않던 것이 들어왔다.

장하일과 육소균을 위시해 그의 뒤에 서 있던 마교의 무인들.

언제부터였을까.

그들의 얼굴은 잔뜩 굳어져 있었다.

뭔가 못마땅한 사람들처럼.

그런데 지금 장하일이 나서자 그들의 표정이 변했다.

잔뜩 찡그리고 있던 그들의 얼굴에 웃음이 번지고 있었다.

살기가 담겨 있는 그 웃음을 확인하고서 홍연민은 뒤통수를 둔기로 세게 얻어맞은 듯한 충격을 받았다.

왜였을까.

지금까지 까맣게 잊고 있었다.

이들이 마교의 인물이라는 당연한 사실을.

홍연민은 그들의 얼굴에 번지고 있는 웃음을 바라보며 깨달았다.

이들이 원한 것은 처음부터 싸움이었다.

비록 그 끝에 죽음이 예정되어 있다 하더라도, 그들은 고개를 숙여 목숨을 구걸하는 것보다 싸움을 원하고 있었다.

착한 마교라고, 정정당당한 마교라고 앞장서서 소리를 지르는 사무진의 등 뒤에 숨어 자신의 목소리를 내지 않았을 뿐, 이들의 몸에는 마교의 피가 흐르고 있었다.

평화보다는 폭력을 원하는 마교도의 피가.

"어렵겠군."

예전과는 다른 마교를 만들겠다고 장담하던 사무진의 얼굴이 스쳐 지나갔다.

어쩌면 그게 생각처럼 쉽지 않을 거라는 생각이 들어 픽 하고 웃던 홍연민이 고개를 절레절레 흔들었다.

쓸데없는 걱정에 불과했다.

지금 그가 하고 있는 우려는 일단 마교가 이번 대결에서 이겨야 한다는 전제가 깔린 후에야 유용한 것이었다.

그리고 홍연민의 생각에 이 싸움은 어려웠다.

사도맹 무인들의 수는 약 일백.

순수한 숫자로만 따지면 밀릴 것이 없었다.

아니, 마교의 인물들의 수가 오히려 더 많았다.

더구나 육소균과 장하일이라는 고수도 있었지만, 이상하게 이 싸움에서 지는 것은 마교일 것이라는 확신이 들었다.

"이제 그만 군사는 자리를 비켜주시게."

장하일이 꺼낸 말을 듣고서 홍연민이 미미하게 고개를 끄덕였다.

장하일의 말이 옳았다.

무공을 익히지 않은 그였기에 더 이상 할 수 있는 일이 남아 있지 않았다.

이제 조용히 구석으로 물러나 이 싸움의 양상을 살피는 것이 그가 할 수 있는 전부였다.

"이기지는 못하더라도 쉽게 포기하지는 말아주시게."

마지막으로 홍연민이 남긴 말.

그가 하고 싶은 말이 무엇인지 다 알고 있다는 듯이 장하일이 고개를 끄덕였다. 그리고 장하일이 홍연민을 스쳐 지나가며 소리쳤다.

"다 죽여주마!"

*　　　*　　　*

"잘 안 죽네? 호호."

뭐가 그리 즐거운 걸까.

시도 때도 없이 손으로 입을 가린 채 웃음을 토해내고 있는 사연랑을 바라보는 장경의 눈빛이 무겁게 가라앉았다.

혈랑여희 사연랑의 명성.

강호의 인물들은 그가 듣지 못하는 등 뒤에서 인간이 아닌 요물이라고 흉을 보았지만 실력만큼은 진짜였다.

강했다.

자신들이 전력을 다해 상대하고 있음에도 불구하고, 제대로 된 타격은 한 번도 주지 못했다.

하지만 더 기가 막힌 것은 아직 사연랑은 진짜 실력을 드러내지도 않았다는 것이었다.

지금까지 사연랑은 흥에 겨워 장난을 친 것뿐이었다.

하지만 그 장난에도 마도삼기는 몇 번이나 죽을 고비를 넘졌다.

대충 휘두른 것 같은 투명한 사연랑의 손은 호신강기를 가벼이 찢어발기는 괴력이 담겨 있었다.

그 손이 스치고 간 옆구리는 살점이 한 뭉텅이나 떨어져 나가 피로 범벅이 된 채 너덜거리고 있었다.

"조금 지겨워졌어."

"……?"

"……?"

"그러니까 이제 그만 죽어."

장경이 가만히 숨을 들이켰다.

지금까지의 장난이 지겨워졌다고 말하는 사연랑은 이제 감춰두었던 진짜 실력을 발휘하려 하고 있었다.

탈백혈옥수.

투명한 그의 손이 피처럼 붉게 변하면 혼백을 앗아간다.

사연랑의 독문 무공인 탈백혈옥수에 대한 세간의 소문이었다.

그리고 지금, 투명할 정도로 하얗던 사연랑의 손이 점차 붉게 변해가고 있었다.

"모두 조심……."

붉게 변하고 있는 사연랑의 손을 확인하고서 경고하기 위해 서둘러 입을 떼던 장경이 그대로 얼어붙었다.

이걸 뭐라고 표현해야 할까.

살기의 그물.

그래, 그물이라고밖에 표현할 수 없었다.

어느새 피처럼 붉게 변한 사연랑의 양손에서 뻗어 나온 것은 살기.

그 살기의 그물은 마치 거미가 쳐놓은 굵은 거미줄처럼 장경의 주변을 칭칭 동여매고 있었다.

눈에 보이지는 않으나 감각으로 느낄 수 있는 촘촘한 살기의 그물은 함부로 움직이다가는 죽을 것이라는 강한 경고를 흘리고 있었다.

감히 도전해 보고 싶은 마음까지도 앗아가 버릴 정도로 강한 살기의 그물로 인해 움직일 수 있는 공간이 최소한으로 줄어들었다.

"사공!"

한마디를 내뱉은 장경의 표정이 어두워졌다.

사연랑이 다가오고 있었다.

그런 그는 서두르지 않았다.

거미줄에 단단히 걸려 있는 먹잇감을 포획하기 위해 느긋하게 다가오는 거미처럼 천천히 거리를 좁히고 있었다.

'이것이 탈백혈옥수?'

장경이 신음을 토해냈다.

탈백혈옥수에 대한 소문은 많았다.

하지만 사연랑이 펼치는 탈백혈옥수가 대체 어떤 무공인지 명확히 알려진 것은 아무것도 없었다.

그 이유는 사연랑을 만난 자는 단 한 명도 남김없이 죽었기 때문이다.

그리고 지금 장경은, 사연랑이 왜 단 한 번의 패배도 없이 강호를 질타할 수 있었는지 그 이유를 깨달을 수 있었다.

그는 자신의 공간뿐만 아니라 상대가 점하고 있는 공간까지도 장악하고 지배할 수 있는 고수.

하지만 감탄만 하고 있을 수는 없었다.

지금 이 순간에도 사연랑은 거리를 좁혀 다가오고 있었다.

그리고 그 거리가 완전히 좁혀졌을 때엔 사연랑이 내민 탈백혈옥수의 마수를 벗어나지 못하고 끝날 것이 자명했다.

'부숴 버린다!'

장경이 지체하지 않고 도를 들어 올렸다.

까앙.

극성으로 끌어올린 내력을 담아 휘두른 도신이 그의 주변을 감싸고 있던 살기의 그물과 부딪치며 폭음이 터져 나왔다.

그리고 그 충돌을 경험한 후, 장경은 자신의 생각이 틀렸다는 것을 깨달았다.

단순한 살기가 아니었다.

사연랑이 만들어낸 그물의 정체는 강기였다.

까앙.

다시 한 번 도를 휘둘렀지만 단단한 강기의 그물에는 자그마한 흔적밖에 남지 않았다.

답답한 표정을 짓고 있는 장경의 눈에 느릿하게 다가오는 사연랑의 여유있는 미소가 들어왔다.

마음껏 발악해라.

하지만 어떤 발악을 한다 해도 결코 그 강기의 막을 깨뜨릴 수는 없다고 말하는 듯한 미소였다.

그리고 그것이 사실이었다.

전력을 다해 도를 휘둘러도 장경이 남긴 것은 희미한 흔적 뿐.

사연랑이 도달하기 전까지 강기의 그물을 깨뜨리고 몸을 피하는 것은 요원한 것처럼 보였다.

깡.

까앙.

그때였다.

윤극의 검과 제원상의 혈겸이 그 강기의 그물을 두드리기 시작한 것은.

장경의 도가 부딪쳤을 때만 해도 자그마한 흠집밖에 남지 않았던 강기의 그물에 균열이 생겼다.

스스슥.

느릿하게 걸어와 거리를 좁힌 사연랑의 혈옥수가 다가오는 것과 강기의 그물이 부서진 것은 거의 동시였다.

호신강기를 극성으로 끌어올리며 재빨리 몸을 빼낸 장경의 어깨를 혈옥수가 스치고 지나갔다.

다시금 어깨의 살점이 떨어져 나가며 지독한 고통이 찾아왔지만, 장경은 웃었다.

사연랑이 펼치는 탈백혈옥수는 무섭다.

탈백혈옥수가 만들어내는 강기의 그물은 움직일 수 있는 공간을 주지 않으니까.

하지만 약점도 있었다.

사연랑이 만들어낸 강기의 그물이 지배할 수 있는 공간에는 한계가 있었다.

'거리, 거리의 싸움이야.'

장경이 사연랑과의 거리를 벌렸다.

윤극과 제원상도 그 사실을 깨달은 듯 일정한 거리를 벌린 채 품자 형태로 사연랑을 포위하듯 둘러쌌다.

자신이 지배할 수 있는 공간을 벗어나 있어서일까.

사연랑이 미간을 찌푸렸다.

"잔머리를 굴린단 말이지, 후후!"

사연랑은 더 이상 소녀처럼 손으로 입가를 가린 채 웃지 않왔다.

교태로운 웃음 대신 비웃음을 던지던 사연랑이 장경을 향해 신형을 날렸다.

제대로 눈에 보이지도 않을 정도로 위협적이고 빠른 움직임이었지만, 장경도 당황하지 않았다.

오히려 기다리고 있었다.

신법을 펼치고 있는 사연랑을 향해 장경이 마환도를 떨쳐내는 것을 시작으로, 마도삼기의 협공이 펼쳐졌다.

붉은 궁장.

소녀처럼 양갈래로 땋은 머리.

투명하리만큼 하얀 손을 들어 입을 가리고 웃는 모습은 영락없는 귀여운 소녀처럼 보였지만, 허민규는 놓치지 않았다.

턱밑에 거뭇하게 자라 있는 수염을.

'사연랑?'

사실 담을 넘을 생각은 없었다.

사무진과 유가연의 관계가 어떻게 변했든 허민규와는 상관없었다.

그리고 사무진과는 마주 앉아서 차 한 잔 마실 정도의 친분은 있었다.

그래서 마도삼기에게 이야기를 건넨 후, 정식으로 만나려

했다.

하지만 그 계획은 처음부터 어긋났다.

병장기가 격렬하게 부딪치는 소리와 비명성이 흘러나왔다.

사연랑을 살피던 허민규가 누구의 제지도 받지 않고 담벼락에 올라선 채 상황을 살피다가 눈을 가늘게 떴다.

치열한 싸움이 벌어지고 있는 전장.

낯익은 자들이 있었다.

저들의 이름이 육소균과 장하일이라 했던가?

지난번 마성장에서 압도적인 무위를 보여주었던 그들은 이번에도 놀라울 정도의 실력을 발휘하고 있었다.

하지만 그들의 분전에도 불구하고 상황은 불리했다.

'어디에 있지?'

육소균과 장하일에게서 시선을 돌린 허민규가 전장을 샅샅이 살폈지만 사무진의 모습은 보이지 않았다.

그리고 지난번 마성장에서 보았던 육마존도 없었다.

'상황이 이렇게 좋지 않은데도 이들이 모습을 드러내지 않는다? 왜인지는 몰라도 그들이 지금 이곳에 없다는 뜻이로군.'

순식간에 상황을 짐작해 낸 허민규가 눈을 빛냈다.

'백사단주 백정명!'

이곳에서 만나게 될 것이라고는 전혀 예상치 못했던 얼굴.

하지만 그 얼굴을 확인하고 나자 육소균과 장하일의 분전에도 불구하고 마교가 이렇게까지 밀리고 있는 상황이 이해가 갔다.

"어렵겠군!"

자신을 바라보는 시선을 느꼈을까.

백정명이 고개를 돌렸다.

그리고 시선이 부딪쳤다.

호기롭게 쏘아보는 백정명의 눈빛.

'네놈은 대체 뭐냐' 라는 의미를 담은 채 쏘아보고 있는 그와 눈싸움이나 할 생각은 전혀 없었다.

시선을 피한 허민규는 서둘러 신형을 날렸다.

공교로웠다.

사도맹 서열 삼위의 사연랑과 비밀 병기라 불리는 백사단을 함께 보낸 것으로 보아, 사도맹은 마교를 강호에서 지우려 하는 것이 틀림없었다.

그리고 현재 상황이라면 그 의도는 성공할 가능성이 컸다.

그런데 지금 이 근처에 무림맹주인 유정생이 수하들을 이끌고 와 있었다.

단순한 우연일까.

머릿속이 복잡했다.

하지만 허민규는 곧 고민을 지워 버렸다.

그의 역할은 유정생에게 현재의 상황에 대해서 알리는 것이었다.

이제 그가 전할 마교의 상황을 듣고서 어떤 결정을 내리는지는 어디까지나 유정생의 몫이었다.

전력을 다해 신법을 펼친 후 약 반 시진이 흘러서야 허민규는 느릿하게 이동하고 있던 유정생과 조우할 수 있었다.

"반쯤 죽여놓고 왔나?"

"그것이……."

"성공했나 보군."

제멋대로 판단을 내리는 유정생에게 허민규가 서둘러 입을 뗐다.

"만나지도 못했습니다."

"왜?"

"없더군요. 마교의 교주도 없고, 육마존도 없었습니다. 대신 사도맹에서 온 손님들이 와 있었습니다."

"사도맹에서 온 손님?"

"혈랑여희 사연랑과 백사단이 와 있었습니다."

"사연랑이라면 그 요물? 그리고 백사단까지?"

유정생이 눈살을 찌푸렸다.

그도 예상치 못한 상황에 당황하고 있는 것이 틀림없었다.

"정마대전은 글렀군."

잠시 생각에 잠겨 있던 유정생이 입을 뗐다.

"이대로 돌아가실 생각입니까?"

"아니!"

그리고 당연하다는 듯이 흘러나온 대답을 듣고서 허민규가 의외라는 눈빛을 보냈다.

이미 설명했던 대로 혈랑여희 사연랑과 백사단이 와 있는 이상, 마교의 멸문은 기정사실이라고 해도 과언이 아니었다.

그것을 모를 리 없었지만, 유정생은 마교로 가겠다고 했다.

그 말에 담긴 의미는 하나.

'마교를 돕겠다는 뜻인가?'

허민규의 생각이 거기까지 미쳤을 때 유정생이 고개를 흔들었다.

"착각하지 말게."

"……?"

"내가 그곳에 가는 이유는 궁금하기 때문이네. 인간이 아닌 요물이라 불리는 사연랑이 대체 어떤 자인지가."

허민규는 미소를 지었다.

누가 봐도 궁색한 변명이었다.

그 사실을 자신도 알고 있는 듯, 살짝 얼굴이 붉어진 유정생이 웃고 있는 허민규를 째려보았다.

"웃지 말게."

"알겠습니다."

"홍."

"사연랑이 어떤 자인지가 궁금하다면 서둘러 움직이셔야 할 겁니다. 늦으면 보지 못하실 수도 있습니다."

"자네."

"……?"

"위험해. 나에 대해 너무 많이 알고 있어."

정색한 채 말하고 있는 유정생을 바라보던 허민규가 쓴웃음을 머금었다.

"제거하시려구요?"

"그게……."

"둘째 아들놈이 혼인할 때 지참금만 두둑이 보내신다면, 제가 알고 있는 것들은 무덤까지 가져가겠습니다."

"뇌물을 좀 받아야겠군."

유정생이 고개를 끄덕였다.

그런 그를 보던 허민규의 얼굴에 떠올라 있던 웃음이 짙어졌다.

뇌물을 좀 받고, 조금 무능하단 평가를 받으면 어떤가.

허민규는 유정생의 이런 면이 좋았다.

"나는 말일세, 그놈의 입으로 직접 들어야겠어. 감히 제깟

놈 주제에 내 딸을 싫다고 하는 이유를."

　서둘러 신법을 펼치는 유정생의 뒤를 따라 허민규도 신형을 날렸다.

　　　　　　*　　　　　*　　　　　*

　마도삼기의 합공은 유명했다.

　개개인의 능력도 출중했지만 그들이 펼치는 합공은 아무리 대단한 고수라도 쉽게 생각할 수 없다.

　그렇다고 해서 그들이 특별한 진세를 익힌 것은 아니었다.

　합공을 펼치는 데 있어서 가장 중요한 것은 서로에 대한 믿음, 그리고 교감이라는 불변의 진리에 가장 충실한 것이 마도삼기의 합공이었다.

　마환도 장경.

　환의 대가라 불리는 장경이 일도를 떨쳐 만들어낼 수 있는 도신의 수는 모두 여덟.

　실체와 환영을 구분할 수 없는 여덟 개의 도신이 사연랑을 향해 떨어져 내리며 운신의 폭을 가능한 좁혔다.

　마섬검 윤극.

　쾌의 대가라 불리는 윤극이 펼치는 일검의 빠름은 눈으로 보고 피하려 한다면 이미 늦은 후다.

정파무림에 점창파의 사일검이라는 쾌검이 존재한다면, 마교에는 사일검에 비해 한 치도 뒤지지 않는 마섬검이 있었다.

여덟 개로 불어난 장경의 도신이 사연랑의 운신의 폭을 좁힌 틈을 이용해, 윤극의 검신이 빛살처럼 빠른 속도로 파고들었다.

마령삭 제원상.

그의 손에 들린 것은 두 자루의 혈겸.

마병이라 알려진 두 자루 혈겸은 심령을 뒤흔들기에 충분한 스산한 방울 소리와 함께 상대를 난도질한다고 알려져 있다.

장경의 도신이 운신의 폭을 좁힌 덕택일까.

윤극이 떨친 쾌검이 사연랑의 어깨를 꿰뚫으며 혈화를 피워냈다.

당혹감으로 인해 붉게 상기된 사연랑을 향해 제원상이 휘두른 두 자루의 혈겸이 상대의 숨을 끊어놓기 위해 파고들었다.

손끝에 걸리는 묵직한 느낌.

'잡았어!'

제원상이 쾌재를 불렀다.

혈랑여희 사연랑이라고 해서 다를 것은 없었다.

피륙이 베이면 죽는 인간일 뿐이다.

자신들이 펼치는 합공에 걸린 이상, 죽음을 피할 수는 없었다.

그래서 만족스런 웃음을 짓고 있던 그의 입가에서 미소가 사라졌다.

왜일까.

표정이 이상했다.

혈랑여희 사연랑을 죽음으로 몰았으니 기뻐해야 하는데, 지금 장경과 윤극의 얼굴은 잔뜩 굳어져 있었다.

'뭔가 잘못됐다!'

상황이 여의치 않다는 것을 깨달은 제원상의 대응은 눈부실 정도로 신속했다.

양손에 들린 혈겸을 번개처럼 휘둘러 전방을 보호하며 재빨리 보법을 펼쳐 뒤로 물러나려 했다.

하지만 늦었다.

복부에서 전해지는 이질적인 감촉.

이게 뭘까.

차갑고 서늘한 정체를 모를 물건이 파고들어 오장육부를 헤집어놓고 있었다.

딸랑. 딸랑.

주인의 죽음이 안타까운 듯 바닥으로 떨어진 혈겸이 애달

픈 울음을 토해냈다.

'언제?'

지독한 고통 속에서도 이 이해할 수 없는 상황에 대해 떠올려 보려 했지만, 생각이 제대로 이어지지 않았다.

점차 흐려지는 시야.

그 시야 속에 가장 먼저 들어온 것은 뱃속으로 들어와 오장육부를 헤집어놓고 빠져나가는 사연랑의 오른손이었다.

피로 물든 것일까.

아니면 원래 저렇게 붉었던 걸까.

섬뜩하리만큼 진한 핏빛으로 물들어 있는 사연랑의 오른손을 외면하자 바닥에 떨어진 팔이 보였다.

주인을 잃고 바닥을 뒹굴고 있는 팔. 제원상이 지독한 고통으로 인해 깨물고 있는 잇속으로 툴툴거리는 웃음을 흘려냈다.

아무것도 하지 못한 헛된 죽음은 아니었다.

혈랑여희 사연랑의 팔 하나를 잘라냈으니까.

의지와는 상관없이 신형이 허물어졌다.

어차피 사연랑과 마주한 순간 죽음을 각오하고 있었기에, 아쉬움은 남았지만 미련은 없었다.

언제 찾아올지 모르는 죽음을 늘 곁에 두고서 위태로운 삶을 살아가는 것이 강호에 몸담고 있는 무인.

내로라하는 수많은 고수들과 밤새워 자웅을 겨루어보았고, 눈빛만으로도 마음이 통하는 친우도 사귀었다.

게다가 긴 시간은 아니었지만, 주군이라 불러도 될 만한 사람을 위해서 살기도 했다.

이 정도면 후회없이 살았다는 생각이 들었다.

남겨진 자그마한 아쉬움을 풀어주는 것은 주군이 해주리라.

'먼저 가서 기다리지!'

오래간만에 바라보는 하늘을 담고 있던 제원상의 눈에서 생기가 서서히 빠져나갔다.

'이들이 이토록 강했던가?'

홍연민은 놀란 눈빛을 감추지 않았다.

매난국죽.

본래의 이름 대신 매난국죽이라 불리는 네 명의 사내는 강했다.

"아직 멀었어."

사무진이 했던 매난국죽에 대한 평가.

하지만 지금 이들이 싸우는 모습을 보며 홍연민은 사무진이 내린 평가가 지나칠 정도로 박했다고 확신했다.

스사삿.

네 사내 중 가장 연장자인 매화의 옆구리로 백사단 무인의 검이 스치고 지나가며 선혈이 뿜어져 나왔다.

하지만 그 순간 매화의 검은 상처를 남긴 무인의 목을 베고 지나갔다.

그리고 매화의 검은 거기서 멈추지 않았다.

옆구리에 입은 검상에는 시선조차 주지 않고, 또다시 검을 뻗어내고 있었다.

스스슷.

매화의 왼쪽 어깨에서 피어오르는 선혈.

그러나 매화는 이번에도 어깨에 남겨진 상처는 무시했다.

상처를 도외시하고 거리를 좁힌 매화가 재빨리 왼손을 뻗어 어깨에 상처를 남기고 돌아가는 검신을 꽉 움켜쥐었다.

맨손으로 예리한 검신을 움켜쥐었는데 멀쩡할 리가 없었다.

금세 피투성이로 변한 매화의 왼손.

자신의 병기인 검을 잡고 놓아주지 않자 사내의 눈에 당혹스런 빛이 떠오르며, 검을 빼내기 위해 힘을 더했다.

투두둑…….

검신이 비틀리며 매화의 손가락이 잘려 나갔다.

하지만 끝까지 검신은 놓치지 않았다.

씨익.

그런 그의 입가로 떠오르는 섬뜩한 미소.

그 미소를 접한 사내가 흠칫 하고 주저하는 틈을 매화는 놓치지 않았다.

서걱.

매화가 휘두른 검이 또 한 명의 사내의 목을 베고 지나갔다.

두 눈을 부릅뜬 채 바닥을 뒹굴고 있는 주인 잃은 목을 바라보며 홍연민은 지금 매난국죽이 왜 기대 이상의 실력을 보이고 있는지 알 수 있었다.

동귀어진.

매난국죽의 검은 살기 위해 휘두르는 검이 아니었다.

자신이 죽더라도 상대도 함께 죽이겠다는 필살의 의지가 담겨 있기 때문에 오히려 상대를 위축시키는 것이었다.

"안 돼!"

그런 그의 귓가로 매화가 절규를 내지르는 것이 들렸다.

자신의 전신에 크고 작은 상처를 입을 때엔 신음 소리 한 번 흘리지 않았던 그가 저리 소리를 지른 이유는 난초 때문이었다.

등 뒤로 길게 빠져나와 있는 검신이 보였다.

심장이 꿰뚫렸으니 도저히 살아날 수 없는 치명상.

하지만 난초는 웃었다.

자신의 심장을 꿰뚫고 있는 검신을 양손으로 꽉 움켜쥐어 끝내 놓아주지 않은 채 웃고 있었다.

서걱.

소리를 지르던 매화가 다가갔을 때는 이미 늦은 후였다.

그런 그의 검이 사내의 목을 자르고 지나간 후에야 멈추었다.

"죽였소?"

"그래."

"몇이나 죽였소?"

"셋."

"저자까지?"

"아니, 저자는 네가 죽인 거다."

"클클. 그럼 나는 넷이구려. 이 정도면… 나중에 다시 만나도 부끄럽지는 않겠구려."

"그래."

"나보다는… 많이 죽이고 오시구려."

"그래도 나쁘지는 않았지?"

"물론… 이오. 더 못 죽이고 가는 것이 아쉽지만……."

말을 끝맺지 못하고 숨을 거두는 난초를 바닥에 누인 매화가 신형을 일으켰다.

그런 그의 눈에 굵은 눈물이 흘러내리고 있었다.

눈물을 흘리는 것은 국화와 대나무, 남은 두 명의 동생도 마찬가지였다.

그리고 매화는 자신보다 더 많이 죽이고 난 후에야 따라오라던 난초의 부탁을 끝내 지켰다.

그는 백사단 무인 둘을 더 베고서야 쓰러졌다.

차가운 바닥에 쓰러지는 그의 모습을 바라보던 홍연민이 두 눈을 질끈 감았다. 그들의 안타까운 마지막을 차마 더 바라볼 자신이 없어 홍연민은 고개를 돌린 후에야 눈을 떴다.

육소균이 보였다.

파밧.

검이 스치고 지나간 자리.

긴 혈선이 생겼다.

그리고 그 혈선이 점점 더 짙어지며 배어 나온 선혈이 옷자락을 적실 때, 육소균의 손에 들린 창은 그 상처를 남긴 자의 목젖을 꿰뚫고 있었다.

피륜이 긁힌 상처를 입고 상대의 목숨을 빼앗았으니 분명히 육소균이 손해를 본 장사는 아니었다.

하지만 상대가 하나가 아니라는 것이 문제였다.

팟.

또다시 육소균의 허벅지에 하나의 혈선이 만들어졌다.

그리고 이번에는 충격이 적지 않은 듯 손에 들린 창을 내지르는 육소균의 신형이 크게 휘청였다.

"빌어먹을."

사내의 가슴을 꿰뚫었던 창을 거두어들이며 욕설을 내뱉고 있는 육소균을 바라보다 홍연민은 길게 한숨을 내쉬었다.

어디로 시선을 돌리나 안타까운 광경뿐이었다.

철포삼이라 했던가.

신체를 단단하게 만드는 무공을 극성에 가깝도록 익혀서 도검불침이라고 했던 육소균의 모습은 처참할 정도였다.

백사단의 무인들은 모두 검기를 사용할 수 있는 고수들.

거의 빈틈이 없을 정도로 바둑판처럼 빼곡하게 새겨진 혈선에서 배어 나온 선혈로 인해서 육소균은 피투성이로 변해 있었다.

그리고 장하일의 상황도 크게 다르지 않았다.

발군의 무위를 보이며 백사단 무인들의 목숨을 빼앗았지만, 가쁘게 숨을 몰아쉬고 있는 지금 그의 모습은 위태로웠다.

본능에 의지해 백사단의 무인들을 상대하는 모습.

아직 쓰러지지 않은 것이 기적이라는 느낌이 들 정도로 힘에 겨워하는 그를 바라보다 보니 미안한 마음이 들 정도였다.

"정녕 이대로 끝인가?"

그나마 지금까지 버틴 것도 저 둘이 압도적이라고 할 수 있는 무위를 보여주었기 때문이다.

하지만 그들에게 더 이상 기대는 것은 무리였다. 답답한 마음에 다시 한 번 길게 한숨을 내쉰 홍연민의 눈에 이제는 차가운 시체로 변해 바닥에 드러누워 있는 매난국죽의 모습이 들어왔다.

그리고 그들을 바라보다 보니 문득 의문이 생겼다. 왜일까.

그들은 웃었다.

백사단의 무인들이 휘두른 검에 깊은 상처를 입었음에도 그들은 웃었다.

아니, 그들만이 아니었다.

바닥에 차가운 시체로 변해 있는 마교도들 또한 죽음이 찾아온 그 순간까지도 웃음을 멈추지 않았다.

그들이라고 해서 고통이 없을까.

그리고 죽음이 두렵지 않을까.

홍연민으로서는 이해가 가지 않는 모습이었다.

"우리는 마교도니까요."

도무지 이해할 수 없다는 표정을 짓고 있는 홍연민에게 조금 전 매난국죽이 싱긋 웃으며 던지던 말이 귓가를 맴돌았다.

그 말을 듣는 순간 느꼈다.

비록 마교의 군사라는 직책을 맡고 있음에도 불구하고 자신은 이들을 전혀 이해하지 못했다는 사실을.

사무진도 자신과 크게 다르지 않을 것이었다.

"재밌게 흘러가겠군."

쓴웃음을 짓던 홍연민의 눈이 커졌다.

정문을 통해 들어오고 있는 인물이 보였다.

선혈이 난무하고 수많은 이들의 생명이 바스라져 가는, 치열한 싸움이 벌어지는 장내와는 전혀 어울리지 않는 붉은 궁장.

앙증맞은 소녀처럼 양갈래로 머리를 땋은 채 걸어 들어오고 있는 인물을 바라보던 홍연민이 탄식을 토해냈다.

혈랑여회 사연랑이었다.

그가 살아서 정문을 통해 유유히 걸어 들어왔다는 것이 의미하는 것은 하나였다.

마도삼기가 사연랑을 감당하지 못하고 당했다는 뜻이었다.

비록 한쪽 팔을 잃어버렸다고는 하나 사연랑이 죽지 않고 들어왔다는 사실만으로도 가뜩이나 기울어져 있던 승부의 추가 도저히 어찌할 수 없을 정도로 완벽하게 기울어지고 있었다.

"괜찮으십니까?"

"살짝 방심했지 뭐야."

"마도삼기는?"

"호홋. 당연히 죽었지. 감히 내 몸에 상처를 남겼으니 그 대가를 치르는 것이 당연하지 않겠어?"

"치료를 하셔야지 않겠습니까?"

"일공자, 나 지금 화 났어. 이깟 상처를 치료하는 것보다 지금 여기 있는 놈들을 모두 갈아마셔야만 이 화가 풀릴 것 같아. 호호."

하나 남은 손을 들어 입을 가린 채 웃고 있는 사연랑을 보며 홍연민은 눈을 감았다.

이제는 더 이상 기대할 것도 없었다.

조용히 죽음을 기다리는 수밖에는.

"조금 늦었나?"

그래서 눈을 감고 있던 홍연민이 눈을 크게 떴다.

낯익은 목소리.

이곳에서 듣게 될 것이라고는 꿈에도 예상치 못했던 목소리의 주인을 찾아 홍연민이 시선을 돌렸다.

무림맹주 유정생.

잘못 들은 것이 아니었다.

이유는 몰랐지만 그가 마교로 찾아왔다.

그리고 그런 그는 지난번 만났을 때와는 전혀 다른 사람처럼 느껴졌다.

뭐랄까.

분위기가 달라졌다고 해야 할까.

차를 마시며 실없는 농담을 툭툭 던지던 당시의 그에게는 없던 것이 오늘의 그에게는 있었다.

찻잔 대신 그의 손에 들려 있는 것은 한 자루 녹슨 철검.

바뀐 것은 그 하나뿐이었는데 지금 유정생에게서는 무림맹주라는 직책에 어울리는, 만인지상의 인물만이 보여줄 수 있는 위엄이 느껴졌다.

'이것이 무림맹주 유정생의 진면목인가?'

거대한 산을 마주한 것처럼 자꾸만 작아지는 느낌.

"그만 멈추게!"

그런 그가 천천히 입을 뗐다.

그리고 그 이야기를 듣고서 홍연민은 정신이 번쩍 들었다.

이대로 끝이라 생각했는데 살 길이 열리고 있었다.

하지만 홍연민은 이어진 유정생의 말을 듣고서 정신이 아득해졌다.

　　"마교를 지우는 것은 내 손으로 하겠네."

第九章
혈유무극단공

荷蕷乳蒸煎棄湯細賜其福佑革于王
至大改元四月佛浴道音廣爲傳衍
日弟子趙孟頫敬書長座前再
老君演此眞妙偈克

은혜도 모르는 놈, 은을 원으로 갚는 나쁜 놈, 무림맹주라는 자의 배포가 고작 이것밖에 안 되느냐는 등등의 이야기가 들려왔다.

그래서 그 이야기가 흘러나오는 방향으로 고개를 돌리자 움찔하며 고개를 돌리는 사내가 보였다.

그러나 그런다고 해서 알아보지 못할까.

유정생은 눈썰미가 있는 편이라 한 번 만난 적이 있는 인물은 쉽게 잊지 않았다.

더구나 자신의 집무실에서 마주 앉아 용정차를 마시며 담소까지 나눈 적이 있는데 기억하지 못할 리가 없었다.

이름이 홍연민이라고 했다.

그리고 마교의 군사 자리를 맡고 있다고 했고.

'틀린 말은 아니지.'

귓가를 거슬리게 만드는 이야기들이었지만, 틀린 말은 아니었다.

저자의 입장에서는 충분히 그리 말할 수 있는 것이었다.

쓴웃음을 지은 유정생이 다시 고개를 돌려 장내를 살폈다.

예상은 했지만 마교의 피해는 생각보다 훨씬 컸다.

마교의 인물들 중 멀쩡히 두 발로 서 있는 자는 손에 꼽을 정도였으니까.

그에 반해 백사단의 피해는 경미한 편이었다.

약 서른 명의 백사단원이 바닥에 쓰러져 있었지만, 마교가 입은 피해에 비한다면 손해를 보았다고 할 수도 없는 정도였다.

그 광경을 바라보다 보니 이상하게 화가 났다.

딱히 화가 날 이유가 없는데도 불구하고.

그 화를 간신히 참으며 유정생이 다시 물었다.

"왜 대답이 없는가?"

"우리는……."

"넌 빠져."

그리고 그 질문에 대답하려고 입을 여는 호중천을 차갑게 노려보며 유정생이 고개를 흔들었다.

"내가 바로 사도맹의……."

"너 따위 놈이 낄 자리가 아니다."

그 말에 화가 난 듯 호중천이 소리를 지르려 했지만 유정생의 시선은 이미 사연랑에게로 향해 있었다.

한눈에 알 수 있었다.

호중천은 고작 들러리일 뿐이고 이 자리를 이끌고 있는 인물은 사연랑이라는 것을.

"물러나겠나?"

"호호, 무림맹의 맹주나 되시는 분이 이 어린 소녀를 알아봐 주시니 무척이나 영광이로군요."

"늙어 죽지도 않는 요물도 알아보지 못할 리가 없지."

"요물이라니요. 어찌 그렇게 섭섭한 말씀을. 호호."

"팔 한짝이 떨어져 나가서 알아보지 못할 뻔했어."

교태로운 웃음 소리가 뚝 끊겼다.

사연랑의 입가에 머물고 있던 희미한 미소가 자취를 감추었다.

"다 차려놓은 밥상에 숟가락만 얹으려 하는 것은 너무 염치가 없는 것 아닌가요?"

"곱게 물러나지 않겠다는 뜻이로군."

"이 정도면 대답은 충분히 된 것 같은데요. 그 녹슨 검이 제대로 움직이기나 하는지 확인해야겠어요."

"녹이 슬기는 했지."

"……"

"하지만 팔 하나가 떨어진 요물을 상대할 정도는 되지."

사연랑의 눈동자가 싸늘한 빛을 뿜어냈다.

하지만 유정생도 그 시선을 피하지 않았다.

탐색하듯 서로를 노려보는 시선.

단지 마주 선 채 서로를 노려보고 있을 뿐인데도 장내에는 팽팽한 긴장감이 흐르기 시작했다.

현 강호를 좌지우지하는 절대 무인들의 대결.

두 사람 중 먼저 움직인 것은 사연랑이었다.

슬그머니 사연랑의 오른손이 앞으로 내밀어졌다.

그가 움직인 것은 그게 전부였지만 유정생은 미간을 찌푸렸다.

거미줄처럼 뻗어 나와 자신의 주위를 둘러싸기 시작하는 무형의 강기의 그물을 눈치채지 못할 정도로 그는 약하지 않았다.

"탈백혈옥수. 진짜 무서운 것은 호신강기를 찢어발기는 혈옥수가 아니라 공간을 지배하는 강기의 그물이었군."

촘촘하기 그지없는 강기의 그물은 시간이 흐를수록 점점 더 틈을 좁히며 그를 옥죄어오고 있었다.

그러나 유정생은 당황하지 않았다.

비록 지금은 무림맹의 맹주라는 직책이 늘 그의 이름 앞에 붙어 있었지만, 이미 십 년 전 천하십대고수의 반열에 올랐던 그였다.

그리고 그 당시 그의 이름 앞에 늘 붙어 다녔던 철혈패검이란 별호는 그저 얻은 것이 아니었다.

녹슨 철검.

툭 하고 건드리면 부러지지나 않을까 하는 걱정마저 드는 녹슨 철검이 휘둘러지며 다가오던 강기의 그물과 부딪쳤다.

까앙.

고막을 찢어놓을 듯한 고성과 함께 녹슨 철검이 뒤로 튕겨져 나왔다.

하지만 이제부터가 시작이었다.

까앙. 까앙.

녹슨 철검은 몇 번이나 강기의 그물과 부딪친 후 기어이 그물을 뚫어내며 사연랑이 앞으로 내민 혈옥수와 정면으로 부딪쳤다.

호중천의 얼굴이 붉게 달아올랐다.

단 한 번도 의심하지 않았다.

마교를 강호에서 지우는 이번 임무를 이끄는 것은 자신이고, 모든 결정권은 자신에게 있다는 사실에 대해서.

그런데 지금 벌어지고 있는 상황은 그의 통제하에서 흘러가지 않았다.

더구나 이런 무시를 당하게 될 것이라고는 꿈에도 생각지 못했다.

"당장 저자를 죽여라!"

사연랑과 치열한 대결을 펼치고 있는 무림맹주 유정생을 노려보던 호중천이 백정명에게 명령을 내렸다.

하지만 백사단주 백정명은 미동도 하지 않았다.

"지금 뭐 하고 있는가? 당장 저자를 죽이라는 내 명령이 들리지 않는가?"

병장기가 부딪치는 소리에 묻혀 자신의 명령을 듣지 못한 것이라 생각한 호중천이 다시 한 번 소리를 질렀다.

그러나 백정명은 여전히 움직이지 않았다.

"들립니다."

"그런데?"

"지금은 때가 아닙니다."

담담한 목소리로 대꾸하는 백정명을 호중천은 금방이라도 불길이 쏟아져 나올 것 같은 시선으로 노려보았다.

"항명인가?"

"아닙니다."

"⋯⋯?"

"조금 전에 말씀드렸던 대로 지금은 제가 나설 상황이 아니라는 판단을 내렸을 뿐입니다."

그 뜨거운 시선을 피하지 않은 채 백정명은 여전히 담담한 목소리로 대답을 꺼냈다.

하지만 호중천으로서는 역시 수긍할 수 없는 대답.

"내겐 항명으로밖에는 들리지 않는군."

"⋯⋯."

"항명에 대한 처벌은 죽음이다. 그쯤은 알고 있겠지?"

입을 열어 뭔가 대답하려다 그대로 입을 다물어 버리는 백정명을 향해 호중천이 살기를 흘려냈다.

그리고 그가 흘리고 있는 살기는 단순한 위협이 아니었다.

스르릉.

호중천이 허리에 걸린 검집에서 검을 뽑아냈다.

백사단주 백정명.

비록 아버지의 총애를 받고 있는 자라 하여도 결국 사도맹이라는 단체에 속해 있는 일개 무인에 불과했다.

백사단의 단주를 맡고 있는 만큼 실력이 대단하다 하나, 이 정도 실력을 가진 자는 충분히 찾을 수 있을 터였다.

결국은 소모품.

호중천에게 백정명은 그 이상도 이하도 아니었다.

그래서 검병을 움켜쥔 손에 힘을 더할 때였다.

스릉.

스르릉.

검집에서 검이 빠져나오는 쇳성이 호중천의 귓가를 자극
했다.

"뭐지?"

고개를 돌린 호중천의 눈매가 사납게 변했다.

당사자인 백정명은 아무런 미동도 없었지만 그의 곁을 지
키고 있던 백사단의 무인들이 일제히 검을 빼 들고 있었다.

조금의 동요도 없이 차갑게 가라앉아 있는 그들의 눈빛이
호중천을 더욱 분노케 만들고 있었다.

"네깟 놈들이 내게 검이라도 들이댈 생각이냐?"

다시 던진 호중천의 질문.

그렇지만 아무런 대답도 돌아오지 않았다.

대신 그들의 살기가 짙어졌다.

그리고 백정명도 아무런 제지를 하지 않았다.

마치 지금의 사태를 허락한다는 듯이.

스윽.

그런 그들이 위협이라도 하듯 한 걸음 다가섰다.

"이게 무슨 짓이지?"

호중천의 두 눈이 흔들렸다.

거리가 좁혀지자 살기가 짙어졌다.

자신도 모르는 사이 한 걸음 뒤로 물러나고서야 추태를 깨닫고서 호중천이 입술을 지그시 깨물었다.

언제나 당연하다고 생각했다.

이들은 결국 자신의 야욕을 만족시키는 데 필요한 도구일 뿐이라고.

그게 타고난 신분이 만들어낸 차이라고 당연시했다.

그렇지만 지금까지 당연하다 생각했던 것이 일제히 반기를 들어 올리는 순간, 충격이 밀려왔다.

"모두 죽고 싶은 것이로구나?"

입안이 말라왔다.

자신이 꺼내는 이야기의 내용과는 상관없이 긴장으로 인해 검병을 움켜쥔 손바닥에 흥건한 땀이 고여왔다.

"사도맹의 주인은 강해야 한다. 어느 누구도 감히 넘볼 수 없을 정도로. 적은 물론이고 수하들까지도 그리 느끼게 만들어야 한다."

아버지가 입버릇처럼 꺼내던 이야기.

그 이야기를 들을 때마다 한 귀로 듣고 한 귀로 흘렸다.

호중천이 생각하는 사도맹의 주인은 강할 필요가 없었다.

사도맹의 맹주라는 자리는 뛰어난 능력을 지닌 수하들을 적재적소에 배치하고 사용하는 역할만으로도 충분하다고 생각했으니까.

그러나 호중천은 이 순간, 지금까지 자신의 생각이 얼마나 오만했는지를 절감하고 있었다.

하물며 주인이 우습게 보이면 집에서 기르던 개도 주인을 무는 법이다.

그런데 개가 아니라 백사단의 무인들이라면……

'진짜 벨 생각이다.'

다가오는 이들의 눈빛에는 한 치의 흔들림도 없었다.

등줄기를 타고 흘러내리는 식은땀을 느끼며 호중천은 아버지를 떠올렸다.

만약 아버지였다면 이들을 단숨에 죽여 버렸을 것이라고.

아니, 감히 이들이 검을 들어 올리며 감춰두었던 이빨을 드러낼 엄두조차 내지 못했을 터였다.

결국 이 모든 것은 자신이 압도적일 만큼 강하지 않기에 벌어진 일이었다.

"그만!"

뒤로 한 걸음 물러나고 있던 호중천이 이 상황을 어떻게 헤쳐 나갈지 고민할 때, 백정명이 입을 뗐다.

"그쯤 하지."

그리고 그의 명령이 떨어지자 백사단의 무인들은 언제 그랬냐는 듯이 검을 다시 검집 안에 갈무리하며 뒤로 물러났다.

묘한 안도감이 밀려왔다.

하지만 그와 동시에 지독하리만큼 입안이 쓰기도 했다.

더 이상 이들에게 못난 모습을 보여주고 싶지 않아 호중천이 움츠러들었던 어깨에 힘을 더할 때였다.

"억울해하지 마시오."

"……."

"이 모든 상황을 초래한 장본인은 당신이니까."

쓴웃음이 흘러나왔다.

누가 뭐라 해도 자신은 사도맹의 일공자.

그런 그가 고작 백사단의 단주에게 이런 모욕적인 언사를 들으면서도 참아야 한다는 현실이 진심으로 화가 났다.

"그렇군."

"……."

"네 말대로 억울해하지는 않지. 하지만 이번 일은 결코 잊지 않을 거야. 머지않아 대가를 치르게 만들어주지."

"달게 받겠소."

"달게 받는다?"

"단, 그럴 수 있을지는 의문이구려."

백정명은 두려워하는 기색조차 없었다. 대신 그의 입가로 차가운 미소가 스치고 지나갔다.

그런 그가 신형을 돌렸다.

마치 비웃는 듯한 그 미소를 접하고서 호중천이 손을 뻗어 백정명의 어깨를 잡으려 했지만, 그의 손은 빈 허공만을 헤집었다.

다시 한 번 자신의 약함에 대한 자책이 밀려와 쓴웃음을 머금은 채, 호중천이 질문했다.

"무슨 뜻이냐?"

"기회란 자주 찾아오는 것이 아니오. 찾아왔을 때 잡지 못하면 다신 찾아오지 않는 것이 기회란 놈이오."

"……?"

"아직도 모르겠소? 당신은 다른 이들보다 훨씬 많은 기회를 얻었지만 단 한 번도 그 기회를 잡지 못했다는 뜻이오."

백정명의 말은 거기서 멈추었다.

그는 더 이상 호중천과 이야기를 섞지 않고, 유정생이 이끌고 온 주작단의 무인들 틈으로 파고들었다.

군계일학.

무림맹의 주작단 사이로 파고든 백정명의 존재감은 확연히 드러났다.

호중천의 감탄을 자아낼 정도의 무위.

그 모습을 응시하던 호중천의 머릿속은 복잡해졌다.

치열한 싸움이 전개되고 있는 장내.

하지만 그 어느 곳에도 그가 끼어들 여지가 없었다.

마치 장식품처럼 서 있는 자신의 처지가 웃긴다는 생각을 하며 고개를 돌리던 호중천이 멈칫했다.

활짝 열려 있는 마교의 정문.

아무도 신경 쓰지 않는 그곳을 통해 걸어 들어오는 이가 있었다.

'서옥령!'

아직 상황 파악이 전혀 되지 않은 듯 놀란 표정을 지은 채 걸어 들어오고 있는 그녀를 바라보던 호중천이 걸음을 옮기기 시작했다.

그런 그의 입꼬리가 말려 올라갔다.

변한 것은 없었다.

그는 여전히 사도맹주의 하나뿐인 후계자였다.

백사단 따위야 이번 일을 마치고 맹으로 돌아가기만 한다면 죄를 물어 처형하면 되는 것이었다.

그리고 그가 원래 계획했던 대로 서옥령을 취하기만 한다면, 사도맹주 자리를 차지하는 것도 머지않으리라.

"역시 이렇게 다시 만나게 되었구려."

삼 장 앞까지 다가가 불쑥 입을 열자 그제야 그녀가 고개를 들었다.

"당신이……."

"우린 운명이라고 하지 않았소?"

"……?"

"다시 만나게 되는 것은 당연한 일이지요."

서옥령이 가뜩이나 커다란 눈을 더욱 크게 떴다.

호수처럼 맑은 서옥령의 눈동자를 응시하던 호중천이 혀를 내밀어 입술을 훑었다.

"운명… 인가요?"

가늘게 떨리고 있는 목소리.

모든 것을 체념한 사람처럼 고개를 떨구고 있는 서옥령의 하얀 목덜미를 바라보던 호중천은 갈증을 느꼈다.

가늘고 하얀 목덜미가 욕망을 자극했다.

당장 이 자리에서 그녀를 안아버리고 싶을 정도로.

'결국 내 것이 되었군!'

처음 본 순간부터 욕심이 났었다.

그래서 그녀를 갖기 위해서 오랜 시간 동안 공을 들였는데 이제야 그 결실을 맺게 된 셈이었다.

마침내 그녀는 온전히 그만의 꽃이 되었다.

오래간만에 느끼는 만족감.

호중천이 그 만족감을 감추지 못하고 웃음을 지을 때, 서옥령이 고개를 들었다.

"사 소협은 무사한가요?"

머릿속이 복잡하게 헝클어졌다.

왜일까.

왜 하필 지금 그놈의 이름이 그녀의 입에서 흘러나오는 걸까.

그 사실만으로도 화가 나는데 더욱 그를 화 나게 만든 것은 그놈의 이름을 입에 올리는 서옥령의 눈빛이었다.

자신을 바라볼 때 보이던 차갑고 무심한 눈빛이 아니었다.

이 눈빛을 보고도 눈치채지 못한다면 바보이리라.

'그랬나?'

"후후."

참지 못하고 웃음을 토해냈다.

사무진이라는 놈의 얼굴이 떠올랐다.

그리고 고작 그딴 놈에게 밀렸다는 생각이 들자 참을 수 없을 정도로 화가 났다.

질투일까.

아니, 살의였다.

맹렬한 살의가 피어올랐다.

그래서 피가 날 정도로 주먹을 꽉 움켜쥐고 있던 호중천이
대꾸했다.

"죽었소."

"아!"

서옥령이 탄식을 토해냈다.

그리고 그런 그녀의 두 눈에 차오르는 눈물을 확인한 호중
천이 시선을 돌려 그녀를 외면했다.

거짓말은 아니었다.

어차피 그놈을 죽일 테니까.

지금 눈앞에 서 있는 서옥령을 온전히 차지하기 위해서는
그놈을 죽이는 것이 가장 급선무였다.

"기분이 더러운 날이군."

호중천이 못마땅한 표정으로 고개를 들어 허공으로 시선
을 던졌다.

분명히 오늘은 자신의 날이어야 했다.

하지만 상황은 그의 계획과는 전혀 다른 방향으로 어긋나
고 있었다.

그래서일까.

피곤함이 밀려왔다.

"서둘러야겠어."

사무진이 죽었다는 이야기에 반쯤 넋이 나간 표정으로 서 있는 서옥령을 바라보던 호중천이 입술을 깨물었다.

서옥령의 마음을 얻는데는 시간이 좀 더 걸릴 듯 보였다.

그리고 호중천은 기다리는 동안 해야 할 일들을 서두르기로 했다.

서옥령의 뒤에는 무림맹 외당 당주인 서붕이 있었다.

누구보다 야심이 많은 자.

하지만 그것을 탓할 생각은 없었다.

그가 가진 야심은 호중천의 야망과 선이 맞닿아 있었으니까.

이제 서붕과 함께 은밀히 준비해 왔던 일들을 도모할 때가 되었다는 결심을 굳히며, 무심코 고개를 돌리던 호중천이 눈을 크게 떴다.

"대체 어떤 일을 하기 위해서 그렇게 서두르려고 하시는지는 몰라도 이미 한참 늦은 것 같습니다."

잠시 멍하게 서 있던 호중천이 눈을 비볐다.

하지만 그가 잘못 본 것이 아니었다.

흑색 유삼을 걸치고 한 올의 머리카락도 이마 위로 흘러내리지 않도록 머리를 단정하게 뒤로 빗어 넘긴 채 조소를 보내고 있는 것은 호중경이었다.

"네가… 네가 어떻게 여길……?"

너무 당황해서일까.

호중천은 말도 제대로 잇지 못했다.

분명히 단전이 파괴되었다고 귀면신의는 말했다.

그리고 지금쯤은 어딘가 골방에 처박혀서 자신의 신세를 한탄하며 하루하루를 술로 보내고 있을 것이라 생각했는데.

지금 그의 앞에 서 있는 호중경의 안색은 나쁘지 않았다.

단전이 파괴된 무인이라고는 믿기지 않을 정도로.

"제가 못 올 곳은 아니지요."

당황한 호중천과 달리 호중경은 여유가 넘쳤다.

예의 차가운 미소.

자신감이 지나쳐 오만하다는 느낌을 주기에 마주한 상대를 불쾌하게 만드는 미소를 머금고 있는 호중경을 바라보며 호중천은 확신했다.

단전이 파괴된 것이 아니라고.

그리고 그것을 깨닫게 된 순간 머릿속이 하얗게 변했다.

'고친 건가?'

가장 먼저 떠올린 생각.

그럴 리가 없었다.

아무리 뛰어난 명의라 하더라도 파괴된 단전을 다시 복구하는 것은 불가능하다.

설령 영약 중의 영약이라 불리는 소림의 대환단을 복용하더라도 마찬가지였다.

그렇다면 결론은 하나.

호중경은 원래부터 단전이 파괴되지 않았던 것이다.

'나만 몰랐다?'

그리고 인정하고 싶지 않은 가정이 떠올랐다.

"무척 놀라셨겠군요. 사도맹의 후계자 자리를 온전히 차지했다고 기뻐하셨을 텐데 제가 이렇게 멀쩡하다는 사실을 알게 되셨으니까요."

"멍청했군. 이건 인정하지 않을 수 없겠어."

"저딴 여자에게 한눈을 파시느라 정신이 없으셨나 봅니다."

"저딴 여자가 아니라……."

"압니다. 천하제일미라 불리는 서옥령이지요. 그리고 무림맹 외당 당주를 맡고 있는 서붕의 여식이기도 하고요."

자신의 말을 도중에 끊고 유들유들하게 대꾸하는 호중경을 무섭게 노려보았다.

"무슨 말을 하려는 것이냐?"

"아시잖습니까?"

"……?"

"권왕 서붕. 괜찮은 조력자지요."

호중천이 새어 나오려는 비명을 억지로 삼켰다.

그리고 간신히 태연함을 유지할 때였다.

"하지만 서봉의 야망은 생각보다 더 크더군요."

"무슨 소리냐?"

"아버님이 그 사실을 모르셨을 것 같습니까?"

'이미 알고 계셨던가?'

전신에서 힘이 빠져나갔다.

그리고 동시에 오늘 겪었던 일들이 모두 이해가 갔다.

사연랑도, 백정명도 모두 알고 있었다.

이 사실을 몰랐던 것은 자신뿐이었다.

모든 사실을 깨닫는 순간, 지독한 무력감이 그의 전신을 짓눌렀다.

"날 죽일 생각이신가?"

"역모는 항명 못지않은 중죄라 할 수 있지요."

"그랬군. 처음부터 알고 계셨군. 그럼 너는 왜 이곳에 왔지?"

"짐작하고 계시지 않습니까?"

"……."

"역모를 꾸민 자를 벌하러 왔습니다."

"하핫!"

호중천은 크게 웃음을 터뜨렸다.

눈앞에 서 있는 호중경을 향해 시선을 던지고 있었지만, 지금 호중천이 보고 있는 것은 아버지였다.

어떤 상황에도 동요하지 않는 감정이 죽어버린 듯한 두 눈.

닮았다.

지금 호중경의 두 눈은 아버지의 두 눈과 무척 닮아 있었다.

"몰랐어. 난 아무것도 몰랐군."

"세인들의 평가는 틀리지 않습니다."

"그래. 냉혈한, 웃는 얼굴로 등 뒤에 비수를 꽂는 자. 눈앞에서 자식이 죽더라도 눈도 꿈쩍하지 않을 위인이라는 말이 틀리지 않았어."

"아주 조금은 오해하고 계시군요."

"……?"

"사도맹을 물려줄 자식은 하나면 충분하지요. 둘은 너무 많아요. 쓸데없는 싸움을 벌여 사도맹의 내분이 일어나느니 하나만 남겨두시기로 한 거지요."

오연한 표정으로 말을 잇고 있는 호중경의 입가에는 희미한 미소가 떠올라 있었다.

승자만이 지을 수 있는 그 미소를 확인한 호중천도 억지로 웃었다.

"네 실력으로 가능할까?"

"아마… 가능할 겁니다."

"자신만만하군."

"혈유무극단공을 익혔거든요."

호중천의 얼굴이 굳어졌다.

혈유무극단공은 사도맹주의 독문무공.

누구에게도 전수하지 않았다는 혈유무극단공을 호중경이 익혔다는 것은 아버지가 그를 후계자로 낙점했다는 뜻이었다.

그러나 탄식만 내뱉을 수는 없었다.

호중경은 노골적으로 살의를 드러내고 있었고, 멍청히 서 있다가는 아무것도 해보지 못하고 죽을 것이었다.

우선 거리를 벌리기 위해서 서둘러 뒤로 물러나는 그의 앞으로 호중경이 내민 오른손이 느릿하게 다가왔다.

샤사사삭.

이게 무슨 소리일까.

뱀이 혓바닥을 날름거리는 듯한 기성이 신경을 자극했다.

그리고 마치 수백 마리의 개미에 동시에 깨물리는 것처럼 따끔함을 느끼며 호중천이 검을 휘둘렀다.

쉭. 쉬익.

마구잡이로 휘두르는 것처럼 보이겠지만 지금 호중천의 검이 만들어내고 있는 것은 검막이었다.

엄밀한 방어막.

어떤 공격도 파고들지 못할 정도로 완벽한 검막을 만들어 냈기에 안도의 한숨을 내쉬려던 호중천이 표정을 굳혔다.

콰콰콰콰쾅.

검을 움켜쥐고 있는 손아귀에 전해지는 통증.

호중경의 오른손이 만들어낸 장력이 연거푸 검막을 두드리고 있었다.

'설마?'

검막을 두드리고 있는 장력의 힘이 점차 강해졌다.

그리고 호중천의 안색이 점차 창백해질 때였다.

불쑥.

호중천이 만들어낸 검막을 뚫고 호중경의 손이 파고들었다.

놀람을 감추지 못하고 눈을 치켜뜬 호중천은 자신의 가슴에 닿은 손을 보았다.

아무런 힘도 실려 있지 않은 듯 느릿하게 다가온 손바닥이 가슴에 닿는 순간, 호중천은 머릿속이 아득하게 변했다.

미풍이라 생각했던 장력에는 만 근의 압력이 깃들어 있었다.

'이것이 혈유무극단공!'

"크아악!"

내부를 뒤집어놓은 장력으로 인해 무릎을 꿇은 채 비명을 지르는 호중천의 칠공에서 피가 흘러나오기 시작했다.

눈동자를 가리고 있는 피로 인해 붉게 변해 버린 시야.

그런 그의 눈에 호중경이 보였다.

여전히 오만한 미소를 입가에 매단 채 호중경은 서옥령을 향해 다가가고 있었다.

"안… 돼!"

그것을 확인하고 호중천이 절규를 토해냈지만 목구멍을 가득 메우고 있는 선혈로 인해서 말이 되어 새어 나오진 않았다.

하지만 호중경은 그가 하고자 했던 말을 알아챈 듯 입을 뗐다.

"함께 가시오."

"……"

"덜 외로울 테니까."

호중경이 섬뜩하게 웃었다.

그리고 그런 그의 손이 느릿하게 서옥령을 향해 다가갔다.

부르르.

사연랑의 혈옥수와 녹슨 철검이 부딪친 후, 유정생이 눈살을 찌푸렸다.

검병을 움켜쥐고 있는 손바닥에 전해지는 압력이 엄청났다.

팔을 타고 가슴까지 진탕시키고 있는 경력의 여파.

마치 부러질 것처럼 떨리고 있는 철검의 검신을 살피며 유정생은 한쪽 입꼬리를 말아 올렸다.

비록 마도삼기와 싸우는 도중, 한 팔을 잃었다 하더라도 사도맹 서열 삼위에 올라 있는 사연랑은 여전히 강했다.

그리고 그것이 오랫동안 잊고 지냈던 유정생의 투지를 불러일으켰다.

"지금이라도 늦지 않았네. 이만 돌아가게."

"호홋, 이미 늦은 것 같은데요."

"고집을 부리겠다는 뜻이로군. 그 대가는 죽음뿐이야."

"철혈패검의 명성이 대단하다고는 하지만 혈랑여희도 만만치 않지요. 누가 죽게 될지는 두고 봐야지요."

"그 몸으로 가능할까?"

"이미 녹슬어 버린 철검으로는 어렵지 않을까요?"

한마디도 지지 않고 대꾸하는 사연랑을 바라보는 유정생의 얼굴에 떠올라 있던 미소가 짙어졌다.

이 대화를 통해서 확실히 깨달았다.

피할 수 없게 된 승부.

둘 중 하나는 죽어야만 끝나는 승부였다.

우우웅.

오래간만에 느끼는 기대와 설렘.

강한 자를 상대하는 긴장이 밀려옴을 느끼며 진기를 끌어 올리자 손에 들린 녹슨 철검이 반갑다는 듯 검명을 토해냈다.

"제대로 시작해 볼까?"

아래로 늘어뜨리고 있던 녹슨 철검을 들어 올리는 유정생의 얼굴에서 웃음이 사라졌다.

다시 거미줄처럼 다가오는 강기의 그물.

여전히 그 무형의 강기는 위력적이었지만, 이미 한 번 겪어 본 후였다.

같은 수법에 당할 정도로 유정생의 경험이 일천하지는 않았다.

"지금 날 우습게 보는가?"

당황하는 대신 유정생이 휘두른 녹슨 철검이 미처 완전히 형태를 갖추지 못한 강기의 그물을 두드렸다.

까앙. 까앙.

무형의 강기는 힘없이 끊어졌다.

"홍!"

그리고 더 이상 같은 수법이 통하지 않는다는 것을 깨달은 사연랑이 코웃음을 치며 강기의 그물을 거두어들였다.

대신 사연랑이 신형을 날렸다.

'빠르다!'

유정생은 순수하게 감탄했다.

사연랑의 혈옥수는 일순 수십 개로 불어난 듯 보였다.

환영 따위가 아니었다.

혈옥수의 움직임이 너무 빨라 환영처럼 느껴질 뿐.

수십 개로 불어난 혈옥수는 모두 진짜였다.

그리고 환영이 아닌 이상, 어느 것 하나도 경시할 수 없었다.

"하압!"

기합성을 토해내며 유정생이 녹슨 철검을 휘둘렀다.

그의 검은 쾌검이 아니었다.

그래서 처음부터 혈옥수의 빠름을 따라갈 자신은 없었다.

십자로 교차되는 철검.

일체의 변식을 배제한 투박하게까지 느껴지는 검신의 움직임은 일견하기에 무모해 보일 정도였다.

더구나 혈옥수의 빠름을 전혀 따라가지 못하는 검신은 위태로워 보였지만, 사연랑의 반응은 의외였다.

혈옥수를 회수하며 재빨리 몇 걸음 뒤로 물어났다.

"철혈십자검!"

화가 잔뜩 난 고양이가 갸르릉거리는 듯 날이 선 목소리.

뾰족한 고성이 터져나올 때, 유정생은 철검을 다시 가슴 앞으로 가져가며 사연랑에게서 시선을 떼지 않았다.

극쾌라 불러도 좋을 사연랑의 혈옥수.

유정생의 녹슨 철검은 혈옥수에 실린 쾌의 묘용을 따라가지 못했다.

하지만 그의 검에 실린 것은 패.

철혈패검은 그런 무공이었다. 패로 쾌와 환을 눌러 버리는.

하지만 방심은 금물이다.

노기를 주체하지 못하고 신형을 파르르 떨고 있는 사연랑은 위험하기 그지없는 자였다.

지금까지 보여준 것이 전부라면 이만한 명성을 쌓지도 못했을 터.

그런 유정생의 예상은 틀리지 않았다.

"고어어—"

사연랑의 입술이 동그랗게 말리며 기이한 교성이 터져 나왔다.

칠흑처럼 검고 긴 사연랑의 머리카락이 허공을 향해 곤두섰다.

그리고 바람 한 점 없음에도 불구하고 피처럼 붉은 궁장이 찢겨질 것처럼 펄럭이기 시작했다.

사연랑과 유정생 사이에 존재하는 대기가 요동치기 시작
했다.

뭔가 심상치 않음을 느끼고 유정생이 미간을 찌푸릴 때, 붉
은 궁장이 펄럭이는 소리가 거세지며 사연랑이 움직이기 시
작했다.

착각일까.

사연랑의 신형이 분열했다.

공간을 지배하는 사연랑의 능력.

그 능력이 극성으로 펼쳐지며 한순간 유정생의 전면이 온
통 붉은빛으로 덮였다.

피할 공간은커녕 물러날 공간조차 허용하지 않았다.

"혈랑여희!"

유정생이 탄식처럼 한마디를 내뱉었다.

사연랑의 이름 앞에 붙어 다니는 혈랑여희라는 별호의 진
정한 의미를 이 움직임을 통해 깨달을 수 있었다.

혼자서 돌아다니지 않고 떼를 지어 다니며 상대를 공격하
는 것이 늑대의 습성.

지금 사연랑은 피에 굶주린 포악한 늑대와 같았다.

탄식을 내뱉던 유정생이 철검을 좌에서 우로 휘둘렀다.

철검에 실린 진기가 해일처럼 밀려 나갔다.

그 검에 실린 패의 기운은 아무리 사연랑이라 해도 경시할 수 없는 듯, 뭐든 찢어발길 기세로 다가오던 그가 주춤하며 뒷걸음친다.

지지직.

그래도 사연랑의 손은 어느샌가 유정생의 어깻죽지를 스쳐 지나가며 거칠게 옷을 찢어발기고 돌아갔다.

하지만 유정생도 순순히 당하고만 있지는 않았다.

마지막 순간, 위로 쳐 올린 검신에 실린 경력이 예리한 날이 되어 사연랑의 옆구리를 스치고 지나갔다.

으드득.

베어진 붉은 궁장 사이로 흘러나오는 선혈을 확인한 사연랑이 분한 듯 이를 갈았다.

"고어어—"

그리고 다시 기성을 토해내며 다가오는 사연랑을 향해 유정생도 굳은 표정으로 철검을 들어 올릴 때였다.

'뭐지?'

갑자기 뒤통수가 서늘한 느낌이 들었다.

엄청난 살기를 뿌려대며 장내로 걸어 들어오고 있는 사내.

유정생은 물론 사연랑도 그 살기에 반응해서 움직임을 멈추고는 들어서고 있는 사내에게로 놀란 시선을 던졌다.

"왔군!"

고개를 돌린 유정생은 심 노인을 등에 업은 채로 걸어 들어오고 있는 사무진을 확인하고서 얼굴이 굳어졌다.

第十章

하지 말걸

荷蘇乳蒸煎棗陽細腸其福佑革于五世
至大改元四月佛浴道音廣為傳行此
日弟子趙孟順敬書長座前丹
老君演此真妙經竟

共同
傳人

공동전인

"심 노인은 알죠?"

"네, 교주님."

"우리 진짜 빨리 왔죠?"

"그렇습니다, 교주님."

"그런데 조금 늦었네요."

"……."

"최선을 다해서 달려왔는데, 진짜 죽을힘을 다해서 달려왔
는데 그런데도 조금 늦어버렸네요."

사무진의 목소리가 낮게 깔렸다.

심 노인은 더 이상 대답하지 않았다.

대신 사무진의 등을 움켜쥐고 있는 손에 힘을 주는 것으로 대답을 대신한 채, 화가 난 심기를 표출했다. 코끝을 찌르고 있는 혈향.

사무진이 걸음을 멈추었다.

마도삼기가 보였다.

차가운 바닥에 쓰러진 채 싸늘한 주검으로 변해 버린 마도삼기를 내려다보던 사무진이 주먹을 움켜쥐었다.

"도망이라도 가지."

"……."

"실력도 없으면서, 상대가 안 될 것 같으면 도망이라도 치지 왜 고집을 피우다 죽어 있는 거야. 미련하게시리."

몰랐다.

이렇게 빨리 헤어지게 될 줄은 꿈에도 몰랐다.

이리 될 줄 미리 알았더라면, 그렇게 구박하지 않는 건데.

하염없이 마도삼기의 시신을 내려다보던 사무진이 무릎을 굽혔다.

그리고 바닥에 떨어져 있는 팔 하나를 주워 들었다.

혈랑여희 사연랑의 팔.

그래도 마도삼기는 아무것도 못하고 죽지는 않았다.

사연랑의 팔 하나를 잘라냈으니까.

"그래서 이렇게 웃고 있는 건가 보네."

주워 들었던 사연랑의 팔을 바닥에 내팽개친 사무진이 걸음을 옮겨 마도삼기의 곁을 스쳐 지나갔다.

"사연랑. 사(死). 약속하죠. 그러니 마음 놓고 편히 가요."

위로라도 하듯 한마디를 남기고 정문을 통해 안으로 걸어들어간 사무진이 잠시 걸음을 멈추었다.

"울지 말아요."

심 노인이 소리 죽여 흐느끼기 시작했다.

심 노인의 두 눈에서 흘러나온 뜨거운 눈물이 어느새 사무진의 등을 축축하게 적시고 있었다.

"울지 말라니까요."

"네? 네, 교주님!"

"노친네 눈에서 눈물 나는 것 보고 싶지 않아요!"

사무진이 소리치고 나서야 심 노인이 흐느낌을 간신히 멈추었다.

하지만 정작 사무진의 두 눈도 뿌옇게 흐려지고 있었다.

매난국죽의 시신이 보였다.

이렇게 죽을 사람들이 아닌데.

뭐가 좋아서 약속이라도 한 듯 하나같이 웃고 있을까.

그들이 다가 아니었다.

가뜩이나 많지도 않은 마교의 무인들이 싸늘한 시체로 변한 채 바닥에 드러누워 있는 것을 보니 가슴이 아팠다.

가슴이 찢어질 것처럼 아프다.

이들에 대한 미안함이 찢어진 가슴을 헤집어놓는다.

그리고 찢어진 상처 위로 책임이라는 무게가 소금이 되어 뿌려져 견딜 수 없을 만큼 쓰라리게 만든다.

"장난이… 아니었네."

이제야 새삼 깨닫는다.

이들의 죽음 앞에서야 비로소 마교의 교주가 가져야 하는 책임의 무게가 얼마나 무거운지를 실감한다.

손끝이 떨려온다.

그리고 손끝에서 시작된 떨림이 가슴을 지나 온몸으로 퍼져 간다.

두렵다.

마교의 교주라는 이 자리가.

"이딴 것 안 한다고 할 걸."

뒤늦게 후회가 밀려온다.

하지만 그 후회조차도 이젠 너무 늦었다.

뒤로 돌릴 수 있는 것은 아무것도 없다.

"아까 소리질렀던 것 미안해요."

"……?"

"사실 나도 울었거든요. 그래도 이제 우리 그만 울어요. 할 일이 남았잖아요."

"할 일이라면?"

"알잖아요. 심 노인은 심 노인의 할 일을 해요. 난 내가 해야 할 일을 하죠."

무슨 뜻일까.

사무진이 꺼낸 말의 의미를 파악하지 못해서 잠시 멍한 표정을 짓고 있던 심 노인이 이내 소매를 들어 눈물을 닦아냈다.

그리고 마교의 칠마존 중 막내답게 카랑카랑한 목소리로 소리쳤다.

"이런 빌어먹을 놈들이 있나? 감히 여기가 어디라고 이 난동을 부리고 있느냐? 다들 죽었다고 복창해라!"

하지만 처음 카랑카랑하던 심 노인의 이야기는 결국 흐느낌으로 끝을 맺었다.

"여긴 웬 일이에요?"

유정생은 잠시 망설였다.

물론 하고 싶은 말은 많았다.

아니, 좀 더 솔직히 말하면 이렇게 얼굴을 마주하게 되면 일단 반쯤 죽여놓을 마음을 먹었었다.

그런 다음에 감히 가연이를 두고 한눈을 판 것에 대해 추궁할 생각이었다.

하지만 지금 사무진을 마주하고 나니 그리할 수가 없었다.

아마 처음이리라.

아끼던 사람들을 잃는 것이 얼마나 가슴 아픈 일인지를 느끼는 것이.

깊은 상실감.

그리고 그 상실감을 간신히 극복하고 난 후, 치밀어 오르는 분노를 사무진은 감추지 않고 있었다.

더구나 마음껏 살기를 드러내고 있는 사무진은 강했다.

지난번에 만났을 때와는 또 달랐다.

그때만 해도 분명 자신보다 한참 아래였는데, 그로부터 얼마 지나지도 않은 지금은 감히 자신의 아래라고 장담하기 어려울 정도였다.

일단 마음먹고 반쯤 죽여놓으려 했던 것도 쉽지 않을 듯 보였다.

"뭐, 그냥……."

"그냥요?"

"유람을 나왔네."

유정생이 대꾸하자마자 사무진이 고개를 갸웃했다.

"한가한가 보죠?"

"그런 건 아니지만……."

"무림맹에서 여기까지 가까운 거리가 아닌데 유람이나 다니는 걸 보니 한가한 게 맞는 것 같은데요."

사무진의 이야기는 정곡을 찔렀다.

그래서 유정생이 마땅히 대꾸할 말을 찾지 못해 고심할 때 사무진이 손에 들린 철검을 보며 다시 입을 뗐다.

"처음 보네요."

"응?"

"검을 든 모습요."

"그런가?"

"이제야 무림맹주 같네요."

"거참, 칭찬으로 듣지."

유정생이 쓴웃음을 지은 채 고민했다.

언제 딸아이에 대한 이야기를 꺼내야 할지를.

하지만 그전에 사무진이 먼저 입을 뗐다.

"어쨌든 고맙네요."

"응?"

"덕분에 내가 아끼는 사람들이 몇 명이라도 살아남았거든요."

"그렇구만. 고마울 것까지야."

'대체 이들은 이토록 아끼면서 내 딸은 왜 아껴주지 않나'라는 말이 불쑥 튀어나오려는 것을 유정생은 간신히 참아냈다.

"빚을 졌어요."

그리고 사무진이 꺼낸 이야기에 고개를 흔들었다.

"아닐세. 빚을 진 것은 없지. 굳이 이걸 빚이라 생각한다면 서로 빚을 한 번씩 졌으니 없었던 걸로 하세."

"그런가요?"

"그래. 그리고……."

"……?"

"이제 서로 빚이 사라졌으니 마교와 무림맹은 다시 예전으로 돌아갈 걸세."

유정생이 무거운 표정으로 입을 뗐다.

결국 딸의 이야기는 꺼내지 못했다.

왠지 지금 상황에서는 그래서는 안 될 것 같아서.

대신 그는 다른 말을 꺼냈다.

그리고 이것이 그가 지금 할 수 있는 최고의 협박이라 할 수 있었다.

이 말을 듣고서 뭔가를 깨달아 용서를 빈다면 좋을 텐데.

하지만 사무진의 반응은 그의 예상을 빗나갔다.

겁을 먹고 긴장할 것이라 생각했는데 그저 시큰둥하게 고개를 끄덕인 것이 전부였다.

그래서 조금 실망하고 있던 유정생의 곁을 사무진이 스쳐지나갔다.

"그럼 이제 떠나세요."

"뭐라 했나?"

사무진이 꺼낸 이야기를 듣고서 유정생은 자신이 잘못 들었을 거라 생각하고 되물었다.

"이제 그만 떠나라고 했어요."

"하지만……."

유정생의 얼굴에 당혹스런 빛이 떠올랐다.

유정생은 물론이고, 그가 이끌고 온 주작단이 전력을 다해 싸워도 간신히 호각세를 유지하고 있는 상황이었다.

그런데 이런 상황에서 물러나라니 대체 어찌할 심산일까.

하지만 사무진은 침착했다.

그리고 낮게 가라앉은 목소리로 대답했다.

"내가 알아서 합니다."

"……."

"내가 마교의 교주니까요."

무리라는 단어가 입안에 맴돌았지만 끝내 꺼내지 못했다.

그의 곁을 스쳐 지나간 사무진의 등은 단호했다.

비록 이것이 무모한 결정이라 해도 결코 이 고집을 꺾지 않겠다는 의미를 담고 있는 그 등을 바라보며 유정생은 결국 고개를 끄덕였다.

그리고 지금 자운묵창을 꺼내 들고서 사연랑을 향해 다가가고 있는 사무진의 등은 유난히 커 보였다.

홍연민이 눈을 번쩍 떴다.

까랑까랑한 이 목소리의 주인이 누구인지 모를 그가 아니었다.

그리고 역시 심 노인답다는 생각을 했다.

상황 파악 따위는 하지 않고 어김없이 망발부터 날리고 있는 심 노인의 모습.

하지만 이 망발이 이토록 반가울지 몰랐다.

"자네……."

심 노인을 등에 업고 걸어 들어오는 사무진을 향해 반가운 일성을 토해내려 했던 홍연민이 도중에 입을 다물었다.

지금 사무진은 평소와 달랐다.

낯설다는 느낌을 받을 정도로 사무진이 온몸으로 풍기고 있는 살기는 짙었다.

"이제 그만 내려요."

사무진의 말을 들은 심 노인이 냉큼 등에서 내려오는 것이 보였다.

　그리고 자운묵창을 꺼내 든 사무진은 홍연민이 있는 곳으로 걸어오지 않았다.

　사무진이 사연랑을 향해 움직이고 있었다.

　"안 되네. 그자는 혈랑여희 사연랑이네!"

　'사연랑과 싸우려 하고 있다!'

　그것을 깨달은 홍연민이 말리기 위해서 급히 소리쳤다.

　하지만 사무진은 그의 충고를 새겨듣지 않았다.

　느릿하게 고개를 돌린 사무진이 홍연민을 바라보며 입을 뗐다.

　"나도 알아요."

　"알고 있다고? 그런데도 싸우려 하나?"

　"솔직히 말할까요?"

　"……?"

　"누구든 상관없어요."

　홍연민이 자신도 모르는 사이 꿀꺽 침을 삼켰다.

　지금 자신을 바라보고 있는 사무진의 두 눈은 소름이 끼치도록 섬뜩한 안광을 뿌리고 있었다.

　그리고 그때 사무진의 싸늘한 목소리가 장내에 울려 퍼졌다.

"지금 여기 있는 자들이 얼마나 대단한 자들인지는 몰라도, 이제부터 내 허락없이는 단 한 명도 살아나가지 못합니다."

『공동전인』 8권에 계속